SCHNURR

KILLERKATZEN

BUCH DREI

SKYE MACKINNON

ÜBERSETZT VON
ANNETTE KURZ

Peryton Press

Impressum

INHALT

ANMERKUNG DER AUTORIN

Wie ihr schon durch die ersten beiden Bücher in dieser Serie wisst, spielt auch diese Geschichte in einer Welt, die der unseren sehr ähnlich ist, aber auch einige entscheidende Unterschiede aufweist. Die Technik hat sich anders entwickelt – es gibt zwar einige Geräte, die wir auch kennen, wie z. B. Fernseher, aber keine Handys, Autos oder das Internet. Übrigens auch keine Schusswaffen.

Zum Schluss noch der Hinweis auf Skyes Newsletter, wenn ihr über Nachrichten und Neuerscheinungen informiert bleiben wollt: skyemackinnon.de/newsletter

*Dem Terrace Coffee House gewidmet, ohne das viele
meiner Bücher nie geschrieben worden wären. Danke euch
für die extra Sahne auf meiner heißen Schokolade!*

Eins

»Du musst dich echt mal rasieren.«

Ich blinzele hoch zu Lily, noch entschieden zu müde, um wirklich zu verstehen, was sie gerade gesagt hat. Und seit wann gibt Lily mir Ratschläge, die meine persönliche Hygiene betreffen?

»Nee, im Ernst, sieh mal in den Spiegel und nimm dann einen Rasierer. Aber nicht meinen!«

Sie tänzelt davon mit schwingenden Hüften, typisch Succuba, die sie nun mal ist. Seit sie von dieser Konferenz zurückgekommen ist, versprüht sie nach Kräften ihren Charme und zeigt ihre Verführungskünste. Es grenzt schon an ein Wunder, dass noch niemand in diesem Haus in ihrem Bett gelandet ist. Hoffe ich jedenfalls.

Stöhnend gleite ich aus meiner Hängematte. Ich habe in den vergangenen drei Tagen viel geschlafen, aber es scheint nie genug zu sein. Mein Körper ist dabei, sich zu verändern, arbeitet gegen mich, und ich weiß nicht, wie ich das stoppen soll. Im Moment ist Ryker der einzige, der überhaupt verstehen kann, was ich sage. Ich miaue noch immer, wenn ich nur den Mund aufmache, also spreche ich zurzeit lieber gar nicht. Ist einfach zu frustrierend zu beobachten, wie die anderen krampfhaft versuchen, ihr Lachen über mein wildes Miauen zu unterdrücken. Und dann ist da noch das Schnurren. Das produziert mein Körper beim kleinsten Anflug von Wohlbefinden. Das ist auch der Grund, warum ich mich von männlichen Wesen fern gehalten habe. Sie müssen ja nicht unbedingt wissen, dass ich mich in ihrer Nähe wohl fühle. Einzige Ausnahme ist Ryker, weil er für mich übersetzen muss.

Ich war ja nie eine Quasselstrippe, aber die Tatsache, dass ich nun wirklich einen anderen brauche, um meine Worte wiederzugeben, hat dazu geführt, dass ich mir zweimal überlege, was ich sagen will. Und was zu sagen ist. Überraschenderweise ist das gar nicht so viel. Meine Mitarbeiter wissen, was zu tun ist, sie brauchen keine Hilfe oder Ansporn von außen. Sie kümmern sich ums Geschäft, während ich ... indisponiert bin. Bis jetzt ist noch keiner von ihnen mit irgendeinem Problem zu mir gekommen, was bedeuten kann, dass es keine gegeben hat oder aber dass man mich damit nicht belästigen wollte. Oder dass sie sich vor mir fürchten. Wer weiß.

Ich folge Lilys Rat und stolpere hinüber zu dem staubigen Spiegel. Der hängt an einem Nagel, der in den hölzernen Stützbalken meiner Hängematte getrieben wurde. Ich habe den Spiegel noch nie wirklich benutzt. Eitelkeit ist doch was für Loser. Ich muss nur bedrohlich genug aussehen, wenn's darauf ankommt. Hübsch sein muss ich nicht.

Trotzdem bleibt mir fast die Spucke weg, als ich mich so sehe. Der personifizierte Albtraum! Mein Gesicht ist von schwarzem Haar bedeckt, so rabenschwarz wie mein Pantherfell. Wobei ich jetzt eigentlich wie ein Mensch aussehen sollte. Ohne Fell im Gesicht. Und um meine Augen sollten auch keine gelben Ringe zu sehen sein.

Werde ich gerade zu so einer Art Zwitter? Teils Mensch, teils Katze? Im Innern war ich das ja immer, besonders, seit man mir das Halsband abgenommen hat, aber das sollte äußerlich nicht so sichtbar sein. Ich kann schließlich meine Arbeit nicht machen, wenn ich wie ein Mutant aussehe.

Her mit dem Rasierer. Lily hat gesagt, ich solle mich rasieren. Wo hab ich den nochmal hingetan... hab ihn seit Ewigkeiten nicht benutzt. Ich habe sonst wenig Körperbehaarung, und die paar winzigen Härchen an meinen Beinen stören mich nicht weiter. Die sieht sowieso keiner, wenn ich meine schwarzen Lederleggings anhabe. Aber jetzt muss ich gegen diese Art von Haarwuchs wirklich etwas tun.

Ich lasse die Hand über meine Wangen gleiten. Das fühlt sich nach richtigem Fell an. Nein, ein Rasierer wird da wenig ausrichten können. Sogar meine Stirn ist von schwarzem Haar bedeckt, so lang wie der Nagel meines kleinen Fingers. Ich sehe echt wie eine Katze auf zwei Beinen aus. Ich erschauere. Das darf nicht wahr sein.

Sogar meine Zähne fühlen sich anders an. Ich fahre mit der Zunge über die Vorderzähne. Sie sind scharf. Spitz. Raubtierzähne.

Ich stöhne und gehe zurück zu meiner Hängematte. Ich werde den Dachboden heute nicht verlassen. Vielleicht wird morgen wieder alles normal sein. Selbst ein Killer lebt von der Hoffnung.

Ich rieche Ryker, noch bevor er seinen Kopf durch die Falltür zum Dachboden steckt. Ich hab sie offen gelassen, war zu erschöpft, um aufzustehen und sie zu schließen. Ich drehe mich weg von ihm und ziehe mir die Decke über den Kopf. Ich will nicht, dass er mich so sieht. Vielleicht sollte ich meine Gestalt wandeln, aber wer weiß, was dann passiert? Könnte ja sein, dass ich dann zu einem felllosen Panther mit menschlicher Haut werde. Das wäre dann doch noch schlimmer, als ein haariger Mensch zu sein.

»Lily hat gesagt, du willst vielleicht ein bisschen Gesellschaft«, begrüßt er mich fröhlich.

Blöde Tussi. Meint die wirklich, ich will, dass mich jemand in diesem Zustand sieht? Lily sollte vielleicht mal das Hirn einschalten. Ist nicht jeder so ein Exhibitionist wie sie.

»Hau schon ab«, miaue ich. Mit Ryker kann ich wenigstens reden. Er kann auch in seiner menschlichen Gestalt mein Miauen verstehen.

»Nö, mach ich nicht. Hab Langeweile.«

Na toll. Eine Katze mit Langeweile. Gibt wohl

kaum etwas Schlimmeres. Das endet meistens mit zerfetzten Vorhängen und aufgerissenen Katzenfuttertüten.

Er lässt sich auf den leuchtend orangen Sitzsack in der Ecke fallen. Meine neueste Errungenschaft. Wurde erst vor zwei Tagen geliefert, aber ich war noch nicht in der Stimmung, ihn wirklich zu genießen. Ich habe bis jetzt eigentlich nur einmal darauf gesessen, dann aber doch entschieden, dass es sich in der Hängematte besser rumhängen und Trübsal blasen lässt.

»Der ist echt bequem. Also, raus damit, was ist los?«

Ich schnaube. »Abgesehen davon, dass ich in diesem Zustand feststecke? Und weiß, was ich weiß?«

Er gluckst vor sich hin und beachtet meinen sarkastischen Unterton nicht. »Ja, davon mal abgesehen. Wir werden da schon eine Lösung finden, mach dir keine Gedanken. Du wirst bald schon wieder normal sein.«

»Ich werde nie wieder normal sein. Mein ganzes Leben war eine einzige Lüge. Mich gibt's nicht mal wirklich.«

Ich höre, wie er aufsteht und zu mir kommt. Er ist so nah, dass ich nur noch seinen verführerisch betäubenden Geruch wahrnehme. Ich versuche, nicht einzuatmen. Dieser Duft ist so intensiv, dass er mich verleiten könnte, Dinge zu tun, die sich nicht gehören. Seit er zum ersten Mal menschliche Form angenommen hat, hat sich auch sein Geruch verändert. Vorher, als Kater, hat er bei meinen Eierstöcken keine Reaktion ausgelöst, aber jetzt, wo er so nah ist, muss ich unterdrücken, was ich nicht wirklich fühlen will.

Er legt mir die Hand auf die Schulter, und ich versuche, nicht zusammenzuzucken. Ich will nicht, dass er mich berührt. Ich bin ein Klon, etwas Abartiges und momentan noch dazu fellbedeckt. Ich will nur allein sein und mich in wohlverdientem Selbstmitleid suhlen.

»Was ist los mit dir?«, fragt er noch einmal. »Sprich mit mir, Kat. Du musst da nicht alleine durch.«

Ich schweige weiter. Es gibt nichts zu sagen. Stimmt nicht, was er da sagt. Ich muss damit alleine fertigwerden. Wenn ich wieder normal bin, werde ich zum Hauptquartier der Meute gehen und die Wahrheit über meine Herkunft herausfinden, feststellen, ob es noch mehr von uns gibt, noch mehr Klone, und dann werde ich sie ein für alle Mal vernichten.

»Wie geht's der kleinen Kat?«, frage ich statt einer Antwort.

»Gut, soviel ich weiß. Sie wollte dich sehen.«

Mein Klon – nein, eigentlich nicht meiner, denn sie wurde ja nicht nach mir erschaffen – ist bei Griffons Tante untergebracht, während ich mich erhole. Ich kenne diese Tante nicht weiter, aber wenn Griffon meint, sie sei vertrauenswürdig, verlasse ich mich darauf. Von uns hat schließlich keiner Erfahrung mit kleinen Kindern. Benjamin ist fast selbst noch ein Kind, Bethany ist noch sehr unreif, und Lily hat als meine Stellvertreterin genug mit den Geschäften von M.I.A.U. zu tun.

Ryker, Lennox und Griffon waren fast die ganze

Zeit hier in unserem Hauptquartier, aber die sind auch nicht gerade als Ersatzeltern für ein Kind geeignet, auch wenn sich das scheinbar wie ein Erwachsener benimmt. Die kleine Kat hatte keine richtige Kindheit, durfte nie spielen, weshalb Griffon meinte, seine Tante könnte ihr helfen, sich an ein normales Leben zu gewöhnen. Rose heißt sie. Ja, Tante Rose. Sie hat selbst zwei erwachsene Töchter, also weiß sie, was zu tun ist.

»Soll ich ihr sagen, sie kann dich besuchen?«

»Nein«, fahre ich ihn an, heftiger als beabsichtigt. Ryker hat mein Gesicht noch nicht gesehen. Er wird mich verstehen, wenn er das tut. Falls ich ihn lasse.

»Gut, gut, reg dich ab. Sie soll dich besuchen, wenn es dir besser geht. Was macht die Brust?«

Ich fahre mir über das Brustbein, wo Griffon mir bei seinen Wiederbelebungsmaßnahmen zwei Rippen gebrochen hat. Mein Körper heilt nicht so schnell, wie er eigentlich sollte. Ich bin im wahrsten Sinne des Wortes gebrochen und weiß nicht, wie ich das wieder richten kann.

»Wird schon«, lüge ich. Tut immer noch höllisch weh, wenn ich die Stelle berühre. »Griffon hat deswegen doch hoffentlich keine Schuldgefühle mehr?«

Ryker lacht leise. »Ich glaub, der macht sich erst keine Vorwürfe mehr, wenn du gesund und munter in der Gegend herumspazierst. Lennox fühlt sich auch schuldig. Irgendwie ist dieses ganze Haus hier im Moment voll von Selbstmitleid und Selbsthass.«

Er klingt verbittert, und mir fällt ein, dass ich mit ihm noch nie richtig gesprochen habe, seit er seine menschliche Gestalt angenommen hat. Ich habe das einfach so hingenommen, dass er sich jetzt wandeln kann und seine menschliche Seite entdeckt hat.

»Wie geht's dir selbst?«, frage ich leise.

Als Antwort drückt er sanft meine Schulter. »Ist alles sehr verwirrend. Ich habe immer gedacht, es müsste schwierig sein, auf zwei Beinen zu laufen, mit Menschen zu reden, aber es fühlt sich an, als hätte ich nie etwas anderes getan. Nur in den Spiegel schaue ich noch nicht gerne. Dieses Gesicht gehört irgendwie nicht zu mir. In meiner Vorstellung bin ich immer noch eine Katze.«

»Da haben wir etwas gemeinsam«, murmele ich. »Ich will mich auch nicht im Spiegel sehen.«

»Lass dich mal anschauen«. Seine Stimme ist ruhig und betäubt mich fast so wie ein erneuter Schwall seines Geruchs.

Ich drehe mich zu ihm um, bevor ich noch länger darüber nachdenken kann. Ich wische mir die Haare aus dem Gesicht und lasse ihn mich ansehen.

Ich hatte Überraschung erwartet. Abscheu. Zurückschrecken vor so viel Hässlichkeit. Stattdessen streckt er die Hand nach mir aus und streichelt mir über die Wange.

»Du bist wunderschön«, flüstert er. »Einmalig.«

Von allen erdenklichen Reaktionen war das keine von mir erwartete. Ich weiß nicht, was ich damit anfangen soll. Ich starre ihn verwirrt an.

Er lacht leise. »Hast du geglaubt, ich würde schreiend wegrennen?«

Ich nicke, kann nicht sprechen angesichts der Begierde in seinem Blick.

»Das lässt deine Augen leuchten«, flüstert er und kniet sich vor mir auf den Boden, damit er mit mir auf einer Höhe ist. Sein Mund ist meinem ganz nah, zu nah, ich bin in dieser Hängematte gefangen und kann nicht weg.

»Du bist wunderschön«, wiederholt er noch einmal. »Du solltest die Katze in dir nicht verbergen. Du bist schließlich beides, Katze und Mensch und solltest beidem Raum zur Entfaltung geben, besonders jetzt.«

»Besonders jetzt?«, wiederhole ich, etwas verwirrt.

Er zieht die Augenbraue hoch. »Du weißt das nicht? Ich kann dich kilometerweit riechen«.

»Wie bitte?«

»Soll das heißen, das passiert nicht jedes Mal? Hast du zum ersten Mal Fell im Gesicht?«

»Ich habe keine Ahnung, wovon du redest«, antworte ich und unterdrücke ein frustriertes Knurren. Wenn der mir nicht sofort sagt, was los ist, werde ich ihm mit meinen zu scharfen menschlichen Zähnen den Kopf abbeißen. Oder andere Körperteile, bei denen das leichter gehen sollte.

»Östrus«, antwortet er sanft. »Das ist doch nicht das erste Mal, oder?«

Das Wort klingt vertraut, aber ich will nicht glauben, dass es wirklich bedeutet, was ich denke.

»Du bist rollig«, erklärt er und bestätigt damit meine Befürchtungen. »Ich dachte, du wüsstest es.« Er räuspert sich. »Wie kannst du das nicht wissen? Jede Katze im weiten Umkreis wird das inzwischen mitbekommen haben. Dein Geruch ist ziemlich stark.«

Ich starre ihn wütend an. »Soll das heißen ich stinke?«

Er zuckt zusammen. »Nein, das hat nichts mit Stinken zu tun. Dein Duft riecht nach Rosen, zart und doch durchdringend, verströmt das Versprechen von Schönheit und Glück.« Er lächelt mich verschämt an. »Ich hab meinen Katzen schon gesagt, sie sollen weitergeben, dass du kein normales Katzenweibchen bist und für sie Tabu, aber unten im Hof haben schon Dutzende Kater ihre Markierung hinterlassen.«

Ich kneife die Augen zusammen und wünschte mir ein Loch im Boden, um darin zu versinken. Da dachte ich, es könnte nicht schlimmer kommen. Und nun so etwas.

Ich bin rollig, paarungsbereit. Das könnte der Grund sein für das Fell, das Miauen, das Gefühl, in meiner eigenen Haut fremd zu sein. Könnte auch den Traum erklären, den ich während meiner Bewusstlosigkeit hatte, als ich mit Griffon auf dem Fußboden Sex hatte. Wenn mein Gesicht nicht von Fell bedeckt wären, würde ich jetzt sicher rot werden.

»Wie?«, stammele ich. »Warum?«

»Ich bin da kein Experte«, antwortet Ryker vorsichtig. »Aber ich vermute, es wurde vom Halsband oder der Nahtod-Erfahrung ausgelöst. Vielleicht hat dein Körper dadurch erkannt, dass es Zeit ist, deine Gene weiterzugeben.«

Ich starre ihn an. »Willst du damit sagen, dass ich Sex brauche, um mich besser zu fühlen?« Ich zeige auf mein haariges Gesicht. »und das da verschwinden zu lassen?«

»Ich glaube schon. Ich habe ja nicht wirklich Erfahrung mit paarungsbereiten Wandler-Frauen, aber Katzen verhalten sich normalerweise so. Wenn du es hinauszögerst und deinen Bedürfnissen nicht nachgibst, wird dich das verrückt machen, du wirst dich an Möbelstücken reiben, an jeder Straßenecke deine Duftmarke hinterlassen, die ganze Nacht lang den Mond anheulen, so in der Art. Also, du solltest besser gleich etwas tun, bevor es schlimmer wird.«

»Das fühlt sich nicht richtig an«, murmele ich. »Sex nur zu haben, damit es mir besser geht. Da müsste sich ja mein Partner richtig ausgenutzt vorkommen.«

Sein Lächeln wirkt etwas unschlüssig. »Das müsste ja nicht der einzige Grund sein. Ich kenne mindestens drei Männer, die dir gern Hilfestellung leisten würden.«

Ich bin sicher, er kann mich jetzt auch unter dem Fell rot werden sehen. Drei Männer. Wie kommt er darauf?

Von Lennox weiß er wahrscheinlich. Griffon – habe ich über ihn gesprochen, als ich aufgewacht bin? Habe ich gestöhnt in meiner Bewusstlosigkeit, während ich von ihm geträumt habe?

Und wer ist Nummer Drei?

Kann es sein...?

Seine Lippen berühren meine.

ZWEI

Für jemanden, der nie zuvor geküsst hat, jedenfalls kein menschliches Wesen, macht er das überwältigend gut. Seine Lippen sind weich und sanft, der Kuss aber hart und leidenschaftlich. Er nimmt mein Gesicht in beide Hände und zieht mich näher zu sich heran, um meinen Mund ganz für sich beanspruchen zu können. Ich nehme kaum wahr, dass er dabei mein fellbesetztes Gesicht berührt; sein Kuss ist zu intensiv, als dass ich auf irgendetwas anderes achten könnte. Unsere Zungen tanzen umeinander wie in einem Kampf ums Überleben, unser Atem fließt stoßartig ineinander.

Mein gesamter Körper kribbelt und sehnt sich schmerzhaft nach weiteren Berührungen. Ich kralle mich an seinem Rücken fest, ziehe ihn näher zu mir heran, aber dann kippt die Hängematte um, so dass wir uns plötzlich auf dem Boden wiederfinden, er auf mir, seine Hände noch immer an meinem Gesicht, seine Lippen irgendwie immer noch auf meinen.

Ein Lachen bricht sich Bahn aus seiner Kehle, und ich lächle beim Küssen, kann aber nicht aufhören. Kann einfach nicht aufhören. Meine Haut brennt wie Feuer, will berührt werden, will besänftigt sein. Ich stöhne auf, als seine Hand unter mein Hemd gleitet. Ja, so ist's gut. Mehr davon. Ich will mehr, so viel mehr.

»Nimm mich«, flüstere ich atemlos, bevor ich wieder seinen Mund verschlinge. Jetzt übernehme ich die Kontrolle, gebe den Rhythmus vor. Ich setze mich rittlings auf ihn, drücke ihn flach auf den Boden, und schaukle gegen seine Hüften, gegen die harte Wölbung in deren Mitte. Meine Fingernägel verwandeln sich in Krallen, sie sind brutal scharf, und ich reiße ihm das Hemd herunter und hinterlasse dabei rote Striemen auf seiner dunklen Haut. Er kann das aushalten. Er ist eine Katze und weiß, dass wir beim Sex nicht gerade zimperlich miteinander umgehen.

Seine Brust ist breit, sein Sixpack gleicht dem einer Marmorstatue. Ich lasse meine Finger über seine glatte Haut gleiten und genieße das Gefühl in vollen Zügen. Seine gelben Augen schauen mich fasziniert an.

»Meiner«, knurre ich, und reiße mir dann mein eigenes Hemd vom Leib, gefolgt von BH und allem anderen, bis ich nackt vor ihm sitze. Meine Haut ist von schwarzem Fell bedeckt, das im trüben Licht glänzt, aber das ist mir jetzt egal. Es steigert nur meine Lust, mich so raubtiergleich zu sehen. Ich bin hier der Jäger, und er ist meine Beute.

Ich beuge mich vor und küsse ihn wieder. Unsere Lippen stoßen aufeinander, Zähne gegen Zähne, Zungen gegen Zungen. Dies ist kein romantisches Techtelmechtel, hier wird gekämpft um die Vorherrschaft.

Plötzlich finde ich mich auf dem Rücken wieder, und er ist auf mir, sein massiger Körper hält mich fest. Er greift nach meinen Handgelenken und zieht sie mir über den Kopf, so dass mein Körper schutzlos vor ihm liegt. Ich starre in seine bernsteinfarbenen Augen, der Farbe von Honig und Sonnenschein. Ich könnte mit ihm kämpfen und würde wahrscheinlich sogar gewinnen, aber ich will abwarten, was er vorhat. Er blitzt mich grinsend an, dann nimmt er meine Brustwarze in den Mund und saugt, knabbert, beißt. Ich stöhne lustvoll vor süßem Schmerz und will nur mehr, mehr. Er deutet mein Seufzen als Ermutigung und beißt mir in die Brust, seine Zähne greifen tief in meine Haut. Ich wölbe meinen Rücken ihm entgegen, stöhnend, während ekstatische Schauer durch jeden Zentimeter meines Körpers rasen, bis hinunter in die Zehen.

Ich will ihn in mir spüren. Das reicht noch nicht.

Er beißt in meine andere Brust und hinterlässt auch dort seine Spuren. Ich spüre, wie Blutstropfen meine Haut entlang laufen, aber das steigert nur meine Lust, die ungeahnte Höhen erreicht, sich mit Schmerz mischt und dabei in meinem verwirrten Geist etwas völlig Neues erschafft.

»Ich bin dran«, fauche ich und werfe ihn auf den Rücken. Er schnappt überrascht nach Luft, hat wohl nicht damit gerechnet, dass ich über ähnliche Kräfte verfüge wie er. Ich drehe mich um, hocke mich über ihn, seine Rippen zwischen meinen Schenkel haltend, den Kopf über die Trophäe gebeugt. Diesmal bin ich etwas vorsichtiger, als ich mit meinen scharfen Krallen mühelos durch den Stoff seiner Jeans schneide.

Ich lächle, das Raubtier in mir hat die Oberhand. Da ist er ja. Hart und bereit für mich. Noch immer lächelnd beuge ich mich weiter hinunter, die Arme auf seine Schenkeln gestützt, bis ich ihn erreichen kann. Ich küsse die Spitze, lecke die ersten Tropfen seiner Erregung weg. Er stöhnt und versucht, sich zu bewegen, aber ich drücke meine Schenkel gegen seine Brust und halte ihn in der Position fest.

Ich nehme ihn in meinen Mund, bin dabei aber nicht zu sanft. Meine Zähne schaben an seiner Haut entlang, was ihn zu Lauten veranlasst, die mich anspornen, ihn noch tiefer aufzunehmen, ihn fast zu verschlingen. Seine Hüften bewegen sich stoßartig nach oben und bringen mich zum Würgen, aber ich genieße es, genieße jeden Moment.

Das Kribbeln in meinem Körper hat sich in Flammen verwandelt, es brennt in meinen Adern und fegt alle Hemmungen hinweg, die ich vielleicht noch hatte. Ich setze mich auf, reiße mit meinen Krallen ein Loch in meine Jogginghosen, zerre mein Höschen beiseite und lasse ihn in mich hineingleiten. Er stöhnt überrascht auf, aber ich drücke weiter nach unten, will ihn ganz in mir und nehme mir keine Zeit für Vorübungen. Er ist groß, beinahe zu groß, aber der Schmerz ist genau das, was ich brauche, wonach ich mich sehne.

Ich kreise mit den Hüften, zuerst langsam, dann schneller, ficke ihn, nehme ihn in Besitz, lasse ihn nicht entkommen.

Unser Stöhnen und unsere heißen Atemstöße mischen sich zu einem wunderschönen Gesang, der meine Stimmung hebt, mich zu immer neuen Höhen der Lust führt, bevor ich den Wasserfall hinunterstürze und in seinen Armen versinke.

Kalte Augen starren mich an. Ich erkenne den Mann nicht. Die untere Hälfte seines Gesichts ist hinter einer Maske verborgen, aber seine Augen reichen aus, mich vor Furcht zittern zu lassen. Das Böse schaut aus seinen schwarzen Pupillen, Eiseskälte aus dem sie umgebenden Blau. Ich versuche, mich zu bewegen, aber Metallbänder sind um meine Handgelenke und Fußknöchel geschlungen und halten mich zurück. Ich kämpfe gegen die Fesseln an, erinnere mich aber auch, dass ich das schon einmal erlebt habe, mir aber nie die Flucht gelingen konnte. Ich sitze in der Falle.

»Keine Sorge, es wird bald vorbei sein«, flüstert der Mann, was aber nicht gerade beruhigend klingt. Im Gegenteil, diese lähmende Furcht wird noch größer.

»Und du wirst dich nicht einmal daran erinnern, dass dies je passiert ist«. Seine Augen verengen sich, als er unter der Maske lächelt.

Nein, ich muss mich erinnern. Erinnerungsfetzen jagen mir durch den Kopf, daran, dass ich das schon einmal erlebt habe, dass er dieselben Worte gesagt hat, immer wieder. Diesmal kann ich es nicht vergessen. Ich darf es nicht. Wenn ich mich nicht erinnere, bin ich verletzlich. Unwissenheit könnte den Tod bedeuten.

Er greift nach oben und zieht etwas Metallenes von der Decke herunter, eine Art von Maschine. Da scheint ein helles Licht, zu hell, ich schließe die Augen, obwohl ich meine, hinschauen zu müssen. Wenn ich es nicht sehe, werde ich mich nicht erinnern können.

»Das könnte ein bisschen wehtun«, sagt der Mann mit leisem Lachen, und dann berührt das kalte Metall meine Stirn, und die Welt explodiert voller Schreie.

Ein Schrei lässt mich hochfahren. Ich suche nach der Gefahrenquelle, dem Opfer, aber hier im Raum ist außer mir nur Ryker, dessen Körper mich umschließt.

»Schhhh«, flüstert er und zieht mich wieder in seine Arme. »Es war nur ein böser Traum.«

»Aber jemand...«

Oje. Dann war ich es wohl, die geschrien hat. Das ist mir sofort peinlich. Ich schreie nie. Niemand weiß von meinen Albträumen.

»Willst du darüber reden?«

Seine Stimme ist so weich und sanft wie seine Augen, mit denen er mich mitfühlend anschaut.

Ich schüttele den Kopf. »Ich kann mich nicht mehr daran erinnern.«

Er nickt und lächelt. »Dein Fell ist weg.«

Voller Überraschung berühre ich meine Wangen. Ich fühle glatte Haut, keine Spur von dem Fell mehr, das mich noch bedeckte, bevor ich einschlief. Auf gewisse Weise bin ich froh darüber, aber andererseits erinnere ich mich an das Verlangen in Rykers Augen, wie sehr er mich wollte, trotz oder vielleicht wegen meiner katzenhaften Seite, und fast wünschte ich, das Fell wäre wieder da. Der Hunger in mir ist noch kaum gestillt, auch wenn ich ihn stundenlang in mir gespürt habe. Ein angenehmer Schmerz zwischen den Beinen erinnert mich daran, was wir getan haben, wie wir vereinigt waren.

Merkwürdigerweise ist es für mich auch okay, in seinen Armen zu liegen. Ich kuschele mich an ihn und erkenne mich kaum wieder. Ich kuschele nicht. Ich umarme nicht. Und ich schlafe ganz bestimmt nicht in männlicher Umarmung ein. Verdammt nochmal, was stimmt mit mir nicht? Muss an dieser Rolligkeit liegen. Die verweichlicht mich, macht mich abhängig. Ich hoffe nur, dass das bald vorbei ist.

»Wie lange sind denn Katzen normalerweise rollig?«, flüstere ich und ärgere mich ein wenig, als er anfängt zu grinsen.

»Das kann Wochen dauern, oder Monate, wer weiß. Sterilisieren hilft, aber das wirst du wohl nicht wollen.«

Ich kann mich gerade noch zurückhalten, schützend die Hand auf meinen Bauch zu legen. »Finger weg von meinen Eierstöcken«, fauche ich.

Er lacht glucksend. »Hab ich mir gedacht. Gibt's

denn noch andere weibliche Wandler, die du fragen könntest? Hunde werden doch auch läufig, oder?«

Ich halte mich normalerweise fern von anderen Wandlern, hauptsächlich, weil sie alle von der Meute kontrolliert werden. Die paar, die es geschafft haben, außerhalb der Meute zu leben, sind entweder verrückt oder nicht stark genug, um mir von Nutzen zu sein.

»Nein«, gebe ich zu, »aber vielleicht kennt Lennox jemanden.«

Ich könnte ihn ja mal fragen, ohne diese Sache mit der Rolligkeit zu erwähnen. Ich will schließlich nicht, dass jeder Bescheid weiß, könnte ihn aber ganz unschuldig fragen, ob er weibliche Wandler-Freunde hat. Falls er dann glaubt, ich sei eifersüchtig, kann ich's auch nicht ändern.

»Ich kenne nur männliche Wandler«, sagt Ryker mit bedauerndem Lächeln. »Und als Katzen haben wir uns nie groß dafür interessiert, auf welcher Seite die nun standen. Sie haben uns ignoriert und wir sie. Das wird sich nun natürlich ändern.«

Plötzlich fällt mir etwas ein, das ich ihn schon eine ganze Weile fragen wollte: »Pumpkin, ist der auch ein Wandler?«

Sein Lächeln schwindet etwas. »Weiß ich nicht und ich habe auch keine Ahnung, wie ich das herausfinden könnte. Er hat bisher keine Anzeichen gezeigt, aber das war bei mir ja auch nicht anders. Ich hätte es nie erfahren, wenn du nicht diesen Bluttest gemacht hättest. Vielleicht könntest du ihn auch testen?«

»Sag ihm, er soll mal zu Bethany oder Lily gehen,

das sind die Experten. Ich kann zwar Blutproben nehmen, hab aber keine Ahnung von diesem ganzen DNA-Vergleichs-Zeug.«

Er nickt, die Augen voller Hoffnung. »Glaubst du, dass es so sein könnte? Dass er ein Wandler ist, obwohl seine Mutter eine Katze ist?«

»Davon weiß ich genauso wenig wie du.« Ich muss gähnen. »Ich brauch jetzt 'ne Tasse Tee, sonst schlafe ich ein.«

Er grinst mich an. »Ich wüsste da noch was anderes, was dich wach halten könnte.« Seine Hand umschließt meine Brust und drückt sanft zu. Ganz anders als vergangene Nacht. Die Kratzer und Bissspuren, die er auf mir zurückgelassen hat, sind mitsamt dem Fell verschwunden.

Und dasselbe gilt für die ganzen Schmerzen, die mir nach dem Beinahe-Sterben geblieben waren – oder Sterben, denn laut Lily hörte mein Herz ja tatsächlich auf zu schlagen. Sie sind weg, ich fühle mich besser als seit Tagen. Bin fast so weit, dass ich runtergehen und mich um M.I.A.U. kümmern könnte. Aber dann fallen mir die Papierstapel ein, die wahrscheinlich auf mich warten und ich beschließe, dass es zunächst wichtigere Dinge zu erledigen gibt. Wie Tee trinken und etwas Ordentliches essen.

Ich stehe auf und schaue auf einen enttäuschten Ryker. Ich lächele ihn an. »Später. Ich bin am Verhungern.«

Er sieht verständnisvoll drein. »Soll ich...«

Ich ziehe eine Yogahose an, und Erleichterung

breitet sich auf seinem Gesicht aus. »Du stehst auf. Und gehst runter. Das ist gut.«

Ich kichere. »Ja, das ist gut. Ich habe schließlich ein Killergeschäft zu führen und noch wichtiger, ich muss ein für alle Mal der Meute den Garaus machen.«

DREI

Ich trinke die Milchflasche halb leer, bevor ich auch nur an Tee denke. Bin anscheinend doch noch im Katzenmodus. Bis das Wasser kocht, sitze ich auf dem Fußboden und habe die Tüte mit Katzenminze-Keksen auf dem Schoß. Göttlich. Fast so gut wie Sex.

Mir ist der Tee mittlerweile egal, auch das laute Pfeifen des Flötenkessels.

»Kann den jemand mal ausschalten?«

Lily kommt in die Küche geplatzt und lacht laut los, als sie mich auf dem Boden sitzen sieht.

»Bist du high?«

Ich grinse sie an. »Überhaupt nicht.«

Mein Mund hat irgendwie Schwierigkeiten, die Worte zu formen, aber das macht nichts. Ich bin eine glückliche Katze. So gute Katzenminze.

»Du kannst ja sprechen«. Lily sieht mich erstaunt

an, und ich brauche einen Moment, bis ich verstehe, warum sie das so überrascht.

»Oh ja doch. Du kannst mich verstehen.«

Ihre Augen weiten sich und sind auf meinen Mund gerichtet. »Du miaust nicht mehr«.

»Ja, ich spreche wieder nach Menschenart. Jetzt lass mich in Ruhe und mach mir hier keine Vorhaltungen wegen meinem kleinen Laster.«

Normalerweise wäre das ja wirklich ein Grund zum Feiern – ich habe meine Stimme wieder! – aber die Katzenminze lässt das alles unwichtig erscheinen. Brauche unbedingt mehr von dem Zeug.

Lily seufzt und nimmt den Wasserkessel vom Feuer, stellt den Herd aus. »Ich glaube, da ist erstmal starker Kaffee nötig«, sagt sie streng. »Und dann mein spezielles Entgiftungs-Getränk.«

Ich stöhne nur beim Gedanken daran. Keine Ahnung, was sie in das Gebräu tut, aber es riecht und schmeckt ekelhaft. Und dann nimmt es auch dieses angenehm wohlig-entrückte Gefühl, das die Katzenminze bei mir verursacht. Das möchte ich noch auskosten. Ich will diesen Moment andauern lassen, er soll nicht enden.

Ich esse noch einen von den Keksen. Die mache ich immer, wenn Lily außer Haus ist. In ihrer Gegenwart dürfte ich die nie backen.

»Katriona Feln, ich werde nicht zulassen, dass du süchtig wirst«, erklärt sie und reißt mir die Tüte weg. Die Katzenminze macht mich langsam und dämpft auch meine Reflexe; nur so gelingt es ihr, meine Leckerli wegzunehmen. Vielleicht habe ich doch ein paar zu viel davon gegessen. Aber ich kann nicht zulassen, dass sie mir meinen Stoff wegnimmt.

Ich knurre sie an und entblöße dabei drohend einen Eckzahn.

Sie kichert. »Du bist einfach süß«.

»Gar nisch«, murmele ich mit sehr undeutlicher Aussprache. »Gib mir meine Katschenminsche tschurück.«

»Ganz bestimmt nicht. Ich brauche dich denkbereit. Es gibt da ein paar Dinge, die wir besprechen müssen.«

Ich starre sie mit leerem Blick an. Gibt es denn etwas anderes als die Freuden von Katzenminze, über das es sich zu reden lohnt? Kann nicht so wichtig sein.

»Wo ist Ryker? Ich dachte, der wäre bei dir?«, fragt sie mit breitem Grinsen. Die weiß sicher, dass er die Nacht mit mir verbracht hat.

»Bei seinen Katzen. Er wollte da irgendwas erledigen... Weiß nicht mehr, was.«

Lily seufzt. »Ich werd' jetzt den Trank machen.«

Sie muss mir die Mixtur mehr oder weniger gewaltsam einflößen, aber sobald sie im Magen angekommen ist und ihre Arbeit dort aufgenommen hat, bin ich ihr doch irgendwie dankbar. Die meine grauen Zellen umgebenden Nebel beginnen sich zu lichten und mit der eintretenden Klarheit kommt dann auch das Schamgefühl. Ich hab mich gehenlassen, die Kontrolle verloren. Offenbar ändere ich mich nicht nur äußerlich. Wenn das so weitergeht, wer weiß, was aus mir am Ende wird. Eine Katzenminzen-Abhängige, die sich den ganzen Tag lang auf dem Sofa rumwälzt und keine Energie mehr hat, auch nur einen einzigen Mord zu begehen. Nein, das kann ich nicht zulassen.

»Na, besser?«, fragt Lily mit schiefem Lächeln.

»Viel besser. Okay, jetzt sag mir, was in der Zwischenzeit bei M.I.A.U. los war.«

Ich bin froh, dass sie mir keine Vorwürfe macht, weil ich mich in den vergangenen Tagen nicht ums Geschäft gekümmert habe. Sie weiß, dass ich es getan hätte, wenn das möglich gewesen wäre.

»Nicht viel. Wir haben ein paar neue Fälle, die von Interesse sein könnten, aber nichts Dringendes, deshalb habe ich sie auf deinem Schreibtisch liegenlassen. Benjamin glaubt, er habe eine Bande von Bankräubern gefunden, bei denen er gerne Mitglied werden würde, also rede ihm das bitte aus. Wir brauchen ihn schließlich für unsere eigenen Raubzüge, nicht für die anderer Leute. Bethany hat sich im Labor vergraben und arbeitet da an irgendwas, will mir aber nichts Genaues sagen. Davon abgesehen war alles sehr ruhig. Deine Männer waren allerdings den ganzen Tag lang fast jede Sekunde da.«

Ich verschlucke mich fast am letzten Schluck ihres Zaubertranks. »*Meine* Männer?«, pruste ich hervor. »Du meinst wohl *die* Männer.«

Sie lacht spöttisch. »Glaub mir, die sind ausschließlich an dir interessiert. Es ist nur unserer gemeinsamen

Anstrengung zu verdanken, dass sie dich nicht rund um die Uhr belagert haben. Ich hab nur Ryker zu dir nach oben gelassen wegen deines Fellproblems.« Sie blinzelt mir zu. »Freut mich, dass das erledigt ist. Du siehst wieder weniger merkwürdig aus.«

»Danke. Ich sollte mir ein paar gute Rasierer zulegen, falls das noch mal passiert.«

Lily lacht. »Hoffen wir mal, dass das eine einmalige Sache war. Ich mag dich sehr, aber doch lieber als Mensch. Ohne Katzenminzensucht.«

Sie wirft mir noch einmal einen strengen Blick zu und geht dann raus, überlässt mich meinen eigenen Gedanken.

Ich stelle das leere Gefäß ins Abwaschbecken und hoffe, es wird sich dort durch Zauberhand reinigen. Ich glaube zwar nicht an Heinzelmännchen, aber man weiß ja nie.

Lily hat gesagt, die Männer seien die ganze Zeit hier gewesen, aber jetzt sind nur noch Lily und Bethany im Haus. Beth kann ich unten im Labor hören. Sie arbeitet an einem mysteriösen Projekt? Da muss ich doch mal nachschauen.

Die Tür des Labors ist abgeschlossen, was mich sofort in Alarmbereitschaft versetzt. Diese Tür wird nie abgeschlossen.

»Bethany?«, rufe ich mit meiner strengsten Chef-Stimme. »Mach auf!«

Die Geräusche drinnen hören auf, aber die Tür wird nicht geöffnet.

»Kat?«, fragt sie, was durch die dicke Metalltür sehr dumpf klingt.

»Du weißt doch, dass ich es bin. Jetzt lass mich rein, bevor ich wütend werde.«

Sie seufzt, und kurz darauf öffnet sich die Tür. Bethany sieht müde aus, trägt Schutzkleidung, was in meinem Kopf nicht nur die Alarmglocken in Gang setzt, sondern gleich die Sirenen schrillen lässt.

»Was treibst du hier?«

Ich werfe einen Blick auf das Labor hinter ihr. Die beiden Arbeitsplatten quellen über vor Geräten, und angesichts dieses Chaos frage ich mich, was denn aus Bethany geworden ist. Sie legt hier normalerweise so viel Wert auf Ordnung. Der Bunsenbrenner hinter ihr ist noch angestellt, ich gehe also rüber und mache ihn aus. Sie will mir zuvorkommen, aber ich bin schneller und mache einen Schritt zur Seite um zu sehen, was sie hinter ihrem Rücken verbergen will.

»Was ist das?«, frage ich scharf und starre auf die Aktenmappe mit dem Logo der Meute auf der Vorderseite. »Was machst du mit Dokumenten der Meute?«

Sie zuckt sichtbar zusammen. »Das ist eine der Akten, die ihr von dort mitgebracht habt. Da sind medizinische Daten drin, die ich näher untersuchen wollte...«

Sie sieht mir nicht in die Augen.

»Medizinische Daten? Zum Beispiel?«

»Übers Klonen«, flüstert sie. »Ich will das natürlich nicht nachmachen«, fügt sie schnell hinzu und kommt damit meinem Ausbruch zuvor. »Ich will nur verstehen, was die getan haben und wie sie es gemacht haben. Das könnte mir helfen zu verstehen, was sie mit dir und der Kleinen Kat gemacht haben. Und wir könnten vielleicht herausfinden, wie viele andere noch betroffen sind. Wie viele Klone es noch gibt.«

Die Versuchung ist groß, ihr die Unterlagen abzunehmen, aber das ist alles noch zu frisch, ist eine offene Wunde. Ich brauche mehr Zeit um akzeptieren zu können, wer ich bin. Was die mit mir gemacht haben.

»Das verstehe ich«, sage ich langsam. »Aber was machst du mit all diesen Geräten? Warum liest du die Akte nicht nur? Das hätten wir irgendwann sowieso getan.«

»An einigen Stellen ist von einer Droge die Rede, die allen Klone gegeben wurde, es gibt aber keine genauen Angaben, was die bewirkt hat. Ich hab gedacht, wenn ich den Anweisungen folge und sie nachbaue, dann würde ich verstehen...«

Sie steht da mit hängenden Schultern, aber ich lasse mich dadurch nicht täuschen. »Hattest du vor, mir diese Droge zu verabreichen?«, frage ich scharf. »Oder der Kleinen Kat?«

Sie reißt die Augen auf, was mich dahingehend beruhigt, dass sie nichts Bedrohliches vorhatte. Der Großen Katze im Himmel sei Dank.

»Nein, aber wenn wir die Droge hätten, könnte ich bei dir einen Bluttest machen und untersuchen, ob Überbleibsel davon noch in deinem Blut zu finden sind, auch geringste Spuren. Die haben sie dir ja gegeben, um eine dauerhafte Wirkung zu erzielen, also vielleicht lässt sie sich noch nachweisen.« Ihre Gesichtszüge verhärten sich. »Und falls wir mal auf einen Klon stoßen, der nicht auf unserer Seite steht, dann können wir sie an ihm ausprobieren.«

Mich überrascht der Stahl in ihrer Stimme. Sie ist eigentlich nicht rachsüchtig. Sie treibt gern ihre Spielchen, hat Spaß an ihren Giftmischereien, aber hat keine Freude daran, anderen Schmerzen zuzufügen.

»Glaubst du, wir finden noch andere Klone?«

Sie zuckt mit den Schultern. »Nach den Unterlagen hier gibt es ein paar Dutzend, aber es fehlen die Dokumente, die Aufschluss darüber geben würden, wie viele davon leben oder tot sind. Die haben sich allerdings sehr auf Klein-Kat konzentriert, ich bezweifle also, dass es zwischen dir und ihr noch viele lebende Klone geben wird. Die haben anscheinend ihren Erwartungen nicht entsprochen.«

Ich erschauere. Ich weiß noch immer nicht, welche Pläne sie mit mir eigentlich hatten, aber wenn man bedenkt, dass sie die DNA junger Katzen mit der von Wandlern mischen wollten – kann das nichts Gutes gewesen sein. Mutter Natur hat's oft schwer genug, da müssen wir Menschen uns nicht noch einmischen. Im Moment bin ich halb Mensch, halb Katze. Wenn sie etwas mehr Katzen-Gene hinzufügen würden, ginge das auf Kosten meines Menschseins? Oder schlimmer noch, haben sie das vielleicht schon getan? Ist mein menschlicher Anteil gar nicht so groß, wie ich dachte?

Ich schiebe diese Gedanken beiseite. Sie sind nicht hilfreich, und ich muss für die anstehenden Entscheidungen einen klaren Kopf bewahren.

»Von nun an will ich, dass du mir immer ganz genau sagst, was du mit diesen Akten tust«, erkläre ich Beth mit fester Stimme. Sie nickt niedergeschlagen, die Augen zu Boden gerichtet. »Ich weiß, dass du's gut meinst, aber wir müssen aufpassen, dass diese Informationen nicht in die falschen Hände geraten. Oder – was vielleicht noch schlimmer wäre – uns selber moralisch verderben. Wir werden sie aufhalten, aber ganz bestimmt nicht ihre Forschung nachahmen. Wenn wir sie erledigt haben, will ich all das hier vernichtet sehen.«

Erst scheint sie protestieren zu wollen, nickt dann aber. Irgendwie werde ich das Gefühl nicht los, als müssten wir über dieses Thema noch einmal ernsthaft sprechen.

»Wo sind die anderen Unterlagen, die wir aus dem Labor der Meute mitgenommen haben?«

Sie zeigt auf einen abschließbaren Metallkasten in einer Ecke des Raums. »Die meisten sind da drin, aber Griffon hat noch welche, und Lennox, glaube ich, auch.«

Ich stöhne auf. Toll. Die Unterlagen sind schon überall verteilt. Ich vertraue Lennox und – ja, ich glaube, auch Griffon, aber ich darf nicht vergessen, dass dies ein Spiel mit dem Feuer ist. Wir können unmöglich riskieren, dass von diesen Akten welche verloren gehen oder gar gestohlen werden.

»Bis ich nicht weiß, was da drin steht, verlassen

keine dieser Informationen das Haus. Dieser Kasten kommt in mein Büro, und wenn jemand was daraus haben will, muss er zu mir kommen. Verstanden?«

»Kann ich diese hier behalten?«

Ich seufze. »Gut, vorläufig ja. Aber wie gesagt, halte mich auf dem Laufenden über alles, was du rausfindest. Und glaub ja nicht, dass ich dein Versuchskaninchen sein werde. Oder eine Versuchskatze.«

Sie lacht leise. »Würde ich mich nicht trauen. Ich weiß doch, dass du scharfe Krallen hast.«

Wenn die wüsste. .. diese Krallen sahen auf Rykers Haut wunderbar aus. Eine Hitzewelle breitet sich durch meinen Körper aus und erinnert mich an das Thema »Rolligkeit«.

»Ähm, Bethany?«

»Ja?« Endlich sieht sie mir wieder in die Augen, diesmal neugierig.

»Du hast nicht zufällig was zur Fortpflanzungsphysiologie von Katzen-Wandlern darin gefunden?«

Sie zieht amüsiert die Augenbrauen hoch. »Hast du zufällig Menstruationsschmerzen?«

Hätte ich doch bloß nichts gesagt!

»Hat nichts mit meiner Periode zu tun...äh, also, hast du was gefunden?«

Sie schüttelt den Kopf, ein Lächeln umspielt noch immer ihre Lippen. »Nee, aber ich sag Bescheid, wenn ich was sehe.«

Ich nicke steif und drehe mich zum Gehen um. »Danke.«

Bevor ich durch die Tür durch bin, räuspert sie sich.

»Ich hab ein paar extra starke Schmerztabletten und eine Wärmflasche, wenn du willst.«

Ich drehe mich nicht um. »Nein, danke. Das ist nicht das Problem.«

Wenn die wüsste...

Mein Büro sieht unverändert aus, mit Ausnahme des Eingangskörbchens, das an Umfang deutlich zugenommen und sogar Junge bekommen hat. Ein paar Fälle, hat Lily gesagt. Die Angaben dazu sind entweder sehr lang und ausführlich, oder sie kann nicht zählen. Da kommt Freude auf. Aber es ist zumindest eine vertraute Aufgabe, in der man sich verlieren kann und die hilft, nicht an andere Dinge denken zu müssen.

Ich setze mich in meinen bequemen Ledersessel und greife mir den ersten Stapel vom Stapel. Eine Frau, die sich ihres Mannes entledigen will. Ich lächle. Und sie will, dass er dabei etwas leidet. Hört sich gut an. Wandert auf der Dringlichkeitsliste ganz nach oben.

Die nächsten drei sind Geschäftsleute, die ihre Mitbewerber erledigt haben wollen. Niedrige Priorität. Die zahlen normalerweise gut, aber die Fälle sind meistens langweilig. Da fehlt die Leidenschaft als Motivation, das ist reine kalte Berechnung verbunden mit etwas Neid. Beziehungstaten machen erheblich mehr Spaß.

Ein Mann will, dass man seinen Vater umbringt. Nichts Ungewöhnliches, aber es scheint diesmal nicht um eine Erbschaft zu gehen. Der Vater ist wohnungslos, da ist also für den Sohn nicht viel zu holen. Warum will er ihn dann umbringen lassen? Dazu fehlen in der Akte die Angaben, ich lege sie also zu den dringenden Fällen und hoffe, dass ich genug Zeit für diesen Fall haben werde. Der ist ungewöhnlich, also genau das Richtige für mich.

Nach einer Stunde liegen drei ordentliche Stapel vor mir. Dringend, nicht dringend und Einbrüche für Benjamin. Von denen erhalten wir jeden Monat mehr Anträge. Ben hat sich schon einen Namen gemacht und damit auch M.I.A.U. beworben. Ist ein hübscher Nebenerwerb, der Geld in die Kasse spült und dabei den Jungen bei Laune hält. Er hat's nicht so mit dem Umbringen, kommt aber mühelos überall rein, wo er eigentlich nicht hin darf.

Ich fühle mich erheblich besser, jetzt, wo ich weiß, was ich mir in den nächsten Tagen vornehmen kann. Ein paar nette, einfache Jobs ohne irgendwelche Verbindungen zur Meute oder anderen kriminellen Organisationen. So wie es sein sollte. Einfache Auftragsmorde. Echt gut.

Damit komme ich gut klar.

Weniger gut mit den beiden Männern, die gerade das Haus betreten haben.

VIER

Griffon und Lennox warten im Wohnzimmer auf mich, als ob sie schon wüssten, dass ich mich nicht mehr im Dachgeschoss verkrochen habe. Gut, beide verfügen über ausgezeichnete Sinneseindrücke, also wissen sie sowieso, wo im Haus ich mich aufhalte.

Ich hätte jetzt gerne einen Tee, aber dann müsste ich den für uns alle drei machen, und sie würden sicher länger bleiben. Ich will mich aber nicht zu lange in ihrer Nähe aufhalten. Allein der Gedanke an diese Männer lässt die Hitze zwischen meinen Beinen schon wieder ansteigen. Wie ich das hasse. Einfach hasse. Ich bemühe mich um Selbstkontrolle mit allem, was ich habe, aber mein Körper folgt mir nicht, bekämpft mich auf Schritt und Tritt. Wenn ich mich gehenließe, würde ich sofort über sie herfallen, ihnen die Kleider vom Leib reißen und sie dann beide gleichzeitig vögeln. Aber Kat tut so was nicht. So bin ich nicht.

»Du siehst viel besser aus«, bemerkt Griffon, als ich das Zimmer betrete. Lennox liegt auf einem der Sofas ausgebreitet, als ob er hier wohnen würde, während Griffon nur auf der Stuhlkante sitzt, als wolle er sich zu große Bequemlichkeit nicht gestatten.

Ich setze mich ihnen gegenüber hin, so weit wie möglich entfernt. Aber ihr Geruch streift dennoch meine Nase und führt sofort zu kribbelnden Schauern auf meiner Haut. Mir läuft das Wasser im Mund zusammen allein bei dem Gedanken, dass sie so nah sind. Ich könnte jetzt aufstehen, sie küssen. Sie verschlingen. Sie mein eigen machen.

Ich kneife mich ins Bein. Es reicht.

»Wie fühlst du dich?«, fragt Lennox. Seine Augen ruhen auf mir und beobachten jede meiner Bewegungen. Ich frage mich, ob er meine Erregung spüren kann. Ryker hat das sofort mitbekommen, aber Lennox ist ein Wolf und sollte sich nicht für weibliche Wesen anderer Spezies interessieren. Das wäre nicht gut für die Evolution.

»Gut.« Die müssen jetzt keine Einzelheiten wissen. »Und wie war's bei euch?«

Das hier ist lächerlich. Wir benehmen uns, als seien wir Zufallsbekanntschaften, die sich nach langer Zeit wiedersehen. Ich sollte das beenden, was anderes tun, weiß aber nicht wie. Wie benimmt man sich denn, wenn man aus dem Totenreich zurückgekehrt ist? Wie bedankt man sich bei denen, die zur Rettung beige-tragen haben? Wie akzeptiert man, dass man sich selbst nicht retten konnte, sondern auf die Hilfe anderer ange-wiesen war?

»Langweilig«, sagt Lennox und nimmt einen Kartoffelchip aus einer von Bethanys Tüten. Das krachende Geräusch, mit dem er in seinem Mund verschwindet, lässt mich beinahe aufspringen und so was Lächerliches wie »iss mich stattdessen« rufen. Viel-leicht sollte ich doch besser wieder hoch in meine Hängematte gehen und mich dort festbinden. Und die Gesellschaft von Männern meiden, bis es vorbei ist.

»Fand ich auch«. Griffon lehnt sich endlich auch zurück und verschränkt die Arme hinter dem Kopf. »Ich habe heute früh die Kleine Kat gesehen. Sie fühlt sich bei meiner Tante wohl, hat sich aber nach dir erkundigt. Ich nehme an, du willst mich nicht begleiten und sie dort besuchen?«

»Heute nicht«, versuche ich Zeit zu gewinnen. »Muss mich noch um andere Dinge kümmern.«

Lennox merkt auf. »So was wie die Meute angreifen und jedes ihrer Mitglieder zu töten?«

Da muss ich dann doch unfreiwillig lachen. »Das steht also auf deiner To-do-Liste?«

Er nickt eifrig. »Bin aber nicht blöd genug, das zu tun. Wir müssen allerdings schon was unternehmen. Es hat Berichte gegeben, dass zur Meute gehörende Wandler von den Straßen verschwunden sind. Ryker hat uns erzählt, dass seine Katzen und er nicht mehr so viele

Wandler sehen wie früher. Ich nehme an, die Führer der Meute ziehen jetzt alle Kräfte zusammen, um dann bald in die Offensive zu gehen.«

»Dann müssen wir bereit sein.« Ich bin froh, mich wieder auf vertrautem Boden zu bewegen, obwohl ich nicht umhin kann, seine Lippen anzuschauen, nass vom Ablecken des Salzes, das die Chips dort hinterlassen haben. Eierstöcke, reißt euch zusammen. Das ist jetzt nicht der richtige Augenblick.

»Hast du dir die Unterlagen schon anschauen können, die wir aus dem Labor mitgebracht haben?«, fragt Griffon.

Ich schüttele den Kopf. »Bethany sieht sich gerade eine Akte über das Klonen an, aber mehr weiß ich noch nicht.«

»Ich mach mal 'nen Kaffee«, sagt Lennox seufzend und steht auf. »Das wird wohl ziemlich lange dauern.«

»Für mich Tee, mit viel Milch«.

Er grinst. »Ich weiß. Griffon, wie willst du ihn?«

Das ist der Augenblick der Wahrheit. Es sagt viel über jemanden aus, wie er seinen Tee trinkt. Mit viel Zucker? Eine sanfte, nachgiebige Persönlichkeit. Viel Milch? Wahrscheinlich Katzengene. Nichts von allem? Langweilig, ernsthaft oder ein Psychopath.

»Milch und Zucker, aber mach den Tee schön stark.«

Mmh, das ist nicht so einfach zu interpretieren. Ist das jetzt er als Siron oder speziell eine Griffon-Vorliebe? Ich hatte noch keine Möglichkeit, mehr über Leute seiner Art herauszufinden. Er hat gesagt, Sirenen würden die Meute kontrollieren, aber er scheint hier eine Tante und auch eine Schwester zu haben. Sind die auf unserer Seite? Der der Meute? Sind sie neutral?

Mittlerweile kann ich mir nicht vorstellen, dass er mich je verraten würde, ich muss aber noch mehr über ihn herausfinden. Familienbande können am leichtesten ausgenutzt werden, wenn man jemandem seinen Willen aufzwingen will. Ich habe von dieser Art der Manipulation selbst oft genug Gebrauch gemacht. Bis jetzt hatte ich keine Familie, aber jetzt sind da die Kleine Kat, meine Angestellten – ja, und vielleicht auch diese Männer. Natürlich nur als Freunde, Geschäftspartner. Der Ausrutscher mit Ryker war ein Fehler, lag aber nur an meinem Hitze-Problem. Und Lennox – lieber nicht dran denken. Er hat nicht mehr erwähnt, dass ich die Auserwählte seines inneren Wolfs bin, lassen wir es dabei. Ist alles zu kompliziert und emotional anstrengend.

»Woran denkst du?«

Griffons Augen gleiten über mein Gesicht. Ich bemühe mich um einen neutralen Gesichtsausdruck. »Denke nur gerade, wie schnell sich die Dinge verändert haben.«

»Das stimmt. Schau uns nur an – wir warten darauf, dass Lennox uns Tee bringt. Hätte nie für möglich gehalten, dass mir ein Wolf mal Tee servieren wird.«

»Vorsicht!«, ruft Lennox aus der Küche. »Ich bin nicht euer Servicehund.«

Ich kichere. Lennox hat es immer gehasst wie die Pest, wenn man ihn einen Hund genannt hat, und jetzt tut er es zumindest scherzhaft selber. Da hat sich wirklich einiges verändert.

Ich wende mich wieder an Griffon. »Sag mir, was du weißt. Was hast du herausgefunden? Ich muss alle Informationen haben.«

»Wie gesagt, das wird eine Weile dauern. Wir haben angefangen, uns die mitgenommenen Unterlagen anzusehen, aber da ist vieles im Wissenschaftsjargon geschrieben und nicht mal deine Kollegen verstehen immer, worum es dabei geht.«

Ich schnaube ungeduldig. »Genug der Vorrede, jetzt mal Butter bei die Fische«.

Er lächelt amüsiert, bevor sich sein Ausdruck verdüstert. Mir läuft bei der Intensität seines Blicks ein Schauer über den Rücken. »Willst du die sanfte oder die brutale Version?«

»Wie meinst du das?«

»Ich kann dir die Wahrheit sagen, ohne dass du dich dabei schlecht fühlst. Wenn ich dir allerdings alle Einzelheiten erzähle, könnte dich das aufregen. Einige der Dinge, die wir im Labor gefunden haben, sind nicht gerade für Zartbesaitete.«

»Ich glaube nicht, dass ich zart besaitet bin«, protestiere ich, bin ihm aber insgeheim für die Warnung dankbar. Ich bin ein Klon. Bin nicht wirklich so, wie ich dachte. Es könnte da noch weitere Entdeckungen geben, Antworten, die ich nicht unbedingt haben will. Aber wann bin ich je einem Problem ausgewichen? Mal abgesehen davon, dass ich Sorgen gelegentlich durch verstärkten Konsum von Katzenminze bekämpfe...

»Sag mir alles. Raus mit der ganzen Wahrheit. Ich will alles wissen.«

Er nickt und räuspert sich. »Gut. Du warst der erste Klon und auch derjenige, der am längsten überlebt hat. Was wirklich überraschend ist, wenn man bedenkt, wie viele sie vernichtet haben, weil sie nicht perfekt genug waren. Da würde man doch annehmen, dass der erste Versuch der erfolgloseste war. Der am wenigsten gelungene. Vielleicht wollten sie dich als Kontrolleinheit, mit der sie künftige Versionen vergleichen konnten.«

Kälte rinnt durch meine Adern, und ich würde ihn gern am Weitersprechen hindern, aber ich muss mich dem jetzt stellen. Man kann sich nicht vor der Wahrheit verschließen. Nicht-Wissen ist noch schlimmer.

»Wie viele?«, frage ich heiser.

»Einschließlich der Embryos, die nicht voll entwickelt waren dreiundfünfzig.«

Ich muss schwer schlucken. Dreiundfünfzig Versionen von mir.

»Die Kleine Kat wurde von der Frau im Labor K8 genannt. Deshalb dachte ich, von uns gäbe es acht«, flüstere ich und kann dabei meine Gefühle vor Griffon nicht verbergen. Die Mauern um mich herum beginnen zu bröckeln.

»Sie haben nur denen einen Namen mit K plus einer Zahl gegeben, die das erste Jahr überlebt haben. Du bist K1, dann gab es noch sechs andere Kinder vor der Kleinen Kat. Nach ihr muss es noch zwei weitere

Mädchen gegeben haben, aber ich konnte noch nicht herausfinden, was aus denen geworden ist. Man hat die Kinder woanders versteckt, nicht im Labor.«

»Sie waren auch nicht im Hauptquartier der Meute. Ich habe schließlich dort gelebt und nie jemanden gesehen, der aussah wie ich. Ich hätte sie zumindest am Geruch identifiziert, dem Geruch von Katzen-Wandlern, auch wenn ich sie sonst aus irgendeinem Grund nicht erkannt hätte. Sie müssen sich in einem anderen Gebäude aufhalten, das wir nicht kennen.«

Griffon nickt. »Wir werden sie finden, aber die Mitglieder der Meute wissen jetzt, dass wir ihnen auf den Fersen sind. Die werden wahrscheinlich die Klone verstecken und die Sache für uns schwerer machen.«

»Die Kinder«, verbessere ich ihn. »Nicht Klone. Bitte.«

Er schenkt mir ein dünnes Lächeln. »Kinder, natürlich. Nach Aktenlage ist das jüngste ungefähr drei Jahre alt, das älteste sechzehn. Vielleicht sollten wir uns zuerst auf das älteste konzentrieren. Wenn sie das Mädchen so erzogen haben wie dich, wird sie irgendwo da draußen sein und Anschläge im Auftrag der Meute durchführen.«

Ich schüttele den Kopf. »Das ist unwahrscheinlich. Wenn sie da draußen rumlaufen würde, hätte ich sie schon bemerkt, da kannst du sicher sein.«

»Das bedeutet also, dass sie dieses Mädchen entweder weggesperrt haben oder sie nichtmehr in der Stadt ist.« Er seufzt. »Ich könnte durch meine

Kontakte versuchen herauszufinden, ob es in anderen Städten, die von meinen Leuten kontrolliert werden, Katzen-Wandler gibt; das wird aber nicht so einfach sein und auch seine Zeit dauern. Ich muss da vorsichtig zu Werke gehen, die dürfen nicht wissen, dass ich gegen sie arbeite.«

»Tu das. Wir müssen demnächst mal über deine Familie sprechen, aber jetzt mach erst mal weiter mit dem, was ihr herausgefunden habt.«

Lennox nutzt diesen Moment, um mit dem Tablett zurückzukommen. Er hat nicht nur Tee gemacht, sondern auch noch Sandwich-Häppchen. Den behalte ich. Also doch ein Servicehund.

Ich nehme mir ein Lachs-Häppchen und beiße hungrig hinein. Die Katzenminze-Kekse helfen nicht gegen den Hunger, auch wenn sie meine Stimmung heben.

»Gut gemacht, Kumpel«, murmelt Griffon, während er auf einer Cherry-Tomate kaut.

Kumpel? Haben die sich jetzt schon so verbrüdert? Hat Griffon den anderen überhaupt schon gesagt, wer er ist?

»Mach weiter«, fordere ich ihn auf, und es ist mir egal, dass er gerade was essen will.

»Also gut. Sieben Kinder. Wir haben erst mal nur die Kleine Kat, da bleibt also noch viel zu tun. Du solltest mal mit ihr reden und herausfinden, ob sie noch irgendetwas weiß, das uns weiterhelfen könnte. Sie erholt sich prächtig, hat langsam auch etwas mehr

Fleisch auf den Knochen und ist mehr und mehr in der Lage, sich ganz normal zu unterhalten.«

Ich nicke. »Kannst du mich später zu ihr bringen?«

»Klar.«

»Erzähl mir was von der Ärztin«, drängt Lennox. »Der Frau, die wir getötet haben.«

»Großmutter Doktor. Zu schade, dass wir die nicht hier haben für intensive Befragungen und ausgiebige Folter, aber das lässt sich nicht ändern. Sie war bei der Meute, seit sie ihr Studium beendet hat, wurde von einem Wissenschaftler namens Professor Lakefield angeworben. Ich weiß nicht, ob der noch lebt oder was aus ihm geworden ist, aber er scheint der erste gewesen zu sein, der mit dem Klonen experimentiert hat. Der Name von Großmutter Doktor ist Jacqueline Fitzroy, sie hat einen Doktortitel in Genetik und hat ein paar Studien zur menschlichen Evolution veröffentlicht. Natürlich sind in keiner ihrer Publikationen Gestaltwandler erwähnt, aber sie hat die akademische Welt ziemlich schnell verlassen, nachdem sie zur Meute gewechselt ist. Zusammen mit Lakefield hat sie daran gearbeitet, wie man Wandler stärker machen kann und dabei gleichzeitig ihren freien Willen auslöscht. Zu Beginn hatten sie dafür keine Halsbänder; die Wandler wurden durch Erpressung gefügig gemacht, Bedrohung ihrer Familien und Gehirnwäsche. Durch die Erfindung der Halsbänder wurde Fitzroy zu einer der wichtigsten Figuren in der Meute. Ich habe ihre Kontoauszüge gesehen. Sie war mit ziemlicher Sicherheit die reichste Frau der Stadt.«

»Wir haben wohl etwas von diesem Geld abge-schöpft«, fügt Lennox mit leisem Lachen hinzu. »Bevor sie gemerkt haben, dass sie tot war.«

Gut so. Das verschafft mir angesichts dessen, was diese Frau getan hat, zwar keine Hochgefühle, aber so können wir den Betrieb von M.I.A.U. eine Weile länger sicherstellen. Und es wäre doch eine schöne Form von Ironie, wenn ihr Geld helfen würde, der Meute den Garaus zu machen.

»Sie hat also diese Halsbänder erfunden und mit den Klon-Experimenten angefangen?«

»Ja. Sobald sie einen Prototyp von diesem Halsband hergestellt hatte, merkte sie, dass es die Wandler zwar kontrollierte, es aber nicht funktionierte, wenn die ihre tierische Form angenommen hatten. Sie hatte also mit den Manschetten stärkere Menschen geschaffen, konnte sie aber nicht zum Gehorsam zwingen, wenn diese sich wandelten. Deshalb begann sie darüber nachzudenken, auf welche Art sie die Wandler sonst noch kontrollieren könnte und fing mit dem Beginn deren Lebens an. Die stärksten sollten geklont werden und gleichzeitig würde man das Maß ihres freien Willens und Gehorsams unter Kontrolle bringen. Das war das Ziel, einen gehorsamen Wandler zu produzieren, der über große Intelligenz verfügte, aber jedem Befehl gehorchte.«

Mich schaudert bei dem Gedanken. Gezwungen zu sein, Befehle zu befolgen ohne zu wissen, dass man etwas Falsches tut und ohne die Möglichkeit, sich dem zu verweigern...Ich kann mir kaum etwas Schlimmeres vorstellen. Sie haben mein ganzes Leben lang versucht, mich zu vereinnahmen, aber ich habe gekämpft, wurde nicht zu ihrer Sklavin, auch wenn dieser Widerstand oft mit Schmerzen verbunden war. Ja, letzten Endes tat ich immer, was sie mir befahlen, aber zu meinen eigenen Bedingungen. Die Augenblicke, die ich heimlich mit Lennox unter der Brücke verbrachte oder in denen wir auf dem Markt Süßigkeiten klauten, das waren die Momente, in denen ich wirklich ich selbst war. Diese Ärztin hat versucht, anderen Kindern genau das wegzunehmen. Wenn sie nicht schon tot wäre, würde ich dafür sorgen, dass sie langsam und qualvoll stirbt. Vorzugsweise mit einem Halsband ums Genick, damit sie daran erinnert wird, was sie anderen angetan hat.

»Bist du Okay?«, fragt Lennox sanft, und ich merke erst jetzt, dass ich die Fäuste geballt und das darin befindliche Sandwich zu Brei zerdrückt habe. Ich zwinge mich dazu, mich etwas zu entspannen, nicke und mache gute Miene zum bösen Spiel.

»Hatten sie denn Erfolg?«, frage ich und fürchte mich vor der Antwort. »Die Kleine Kat war doch nicht mehr unter ihrer Kontrolle, nachdem wir das Halsband abgenommen hatten, also waren sie wohl zu diesem Zeitpunkt noch nicht soweit. Was, wenn sie das bei den letzten beiden Klonen geschafft haben?«

»Weiß ich nicht«, meint Griffon ruhig und betrachtet das Sandwich in seiner Hand. Er hat noch nicht abgebissen, will wohl erst diese Geschichte abschließen. »Wir haben über die nichts gefunden, keine einzige Notiz. Gerade so, als wollten sie alles geheim halten, was mit diesen beiden Kindern zu tun hat. Könnte bedeuten, dass das Experiment erfolgreich war. Oder auch nicht. Wer weiß, und wir können sie oder jemand anderen im Labor schließlich auch nicht fragen. Sie sind alle tot.« Er seufzt. »Falls dieser Professor noch lebt, müsste der mittlerweile über achtzig sein, aber es lohnt sich, dem mal nachzugehen.«

»Mach ich schon«, wirft Lennox ein.

»Musst du nicht noch für deinen Auftraggeber arbeiten?«, frage ich ihn. »Oder bist du jetzt dauerhaft bei uns?«

Er zieht die Augenbraue hoch. »Möchtest du denn, dass ich gehe?«

Ich schüttele schnell den Kopf, allein der Gedanke, dass er gehen könnte, löst bei mir eine merkwürdige Angst aus. Muss mit dieser Rolligkeit zu tun haben, dass ich so emotional reagiere. Ich kann so nicht arbeiten. Ich muss meine Emotionen unter Kontrolle haben, aber das ist momentan ganz sicher nicht der Fall.

»Ich hab um eine Auszeit gebeten. Zu meiner Überraschung hatten sie nichts dagegen. Ich glaube allerdings nicht, dass sie mich lange in Ruhe lassen und muss jeden Tag mit einem neuen Auftrag rechnen. Trotzdem werde ich euch so viel wie möglich aushelfen.«

Ich schaue ihm in die Augen und erkenne, wie viel Bedauern er zu verstecken versucht. »Wenn du wolltest, würden sie dich gehen lassen?«, frage ich sanft. »Könntest du für immer fortgehen?«

Er schaut weg. »Da bin ich nicht so sicher. Ich hatte noch nicht den Mut, das herauszufinden.«

Das setze ich gleich noch auf meine Liste. Sicherstellen, dass Lennox seine Auftraggeber verlassen kann, egal, wer das sein mag. Und dann soll er zu uns bei M.I.A.U. kommen. Und zu mir.

Halt, nein, verdammte überhitzte Eierstöcke. Nicht zu mir. Nur zu M.I.A.U.

FÜNF

Sobald Griffon und ich zur Tür hinaus sind, frage ich ihn nach seiner Familie.

»Wie kommt es, dass deine Tante und deine Schwester hier sind, du mir aber gesagt hast, du hättest deine Familie verlassen?«

»Meine Schwester ist noch vor mir weggegangen, offiziell zur Universität. Sie blieb da aber nur ein Semester lang, dann beschloss sie, Künstlerin zu werden. War ein guter Plan, wie sich herausstellte. Mein Vater hat sie enterbt und sie weggeschickt. Jetzt kann sie machen, was sie will, und muss nicht mal mehr vorgeben, jemand zu sein, der sie nicht ist.«

Das klingt ein bisschen verbittert. »Warum hast du es nicht auch so gemacht?«

»Die Sirenen-Gemeinschaft ist noch sehr traditionell aufgestellt. Wenn ich versucht hätte, die Familie zu verlassen, wäre das eine Schande für meinen Vater gewesen; er hätte mich also wahrscheinlich umgebracht und so getan, als sei ich eines natürlichen Todes gestorben. Meine Schwester hätte in dem System nie eine herausragende Rolle gespielt, also war ihr Verlust zu verschmerzen.«

»War das mit deiner Tante auch so?«

»Nicht ganz. Sie hat fest an dieses traditionelle Familienbild geglaubt, bis ihr Mann gestorben ist. Das hat sie total verändert. Man hat mir erzählt, sie sei monatelang völlig von der Rolle gewesen, total unzuverlässig und nicht kalkulierbar. Da ihr Mann eine wichtige Position hatte, hat man sie nicht einfach beseitigt, sondern hat ihr ein kleines Haus und eine Rente verschafft und ihr ein Leben weit weg von den anderen ermöglicht, wo sie für die anderen nicht mehr peinlich war oder Unannehmlichkeiten verursachen konnte. Ehrlich gesagt, weiß ich nicht, ob sie diese Verrücktheit nur gespielt hat, damit sie weggeschickt würde, oder ob da tatsächlich was dran war. Heute ist sie jedenfalls wieder so normal wie du und ich.«

Ich kichere. »Du hältst mich für normal?«

»Sorry, natürlich nicht.« Er grinst. »Wie könnte ich so was auch nur denken«.

Wir gehen schweigend weiter. Fühlt sich merkwürdig an, so einfach durch die Straßen zu laufen, statt über Dächer zu springen. Es ist eine ganze Menge los in der Stadt, aber wir sind beide Experten darin, den direkten Kontakt mit anderen Menschen zu meiden. Den suche ich nur, wenn ich mich als Taschendieb betätige, was ich aber eine ganze Weile nicht getan habe. Das heimliche Ausrauben anderer Leute hat mir früher mal einen Kick gegeben, aber nachdem ich gelernt hatte zu töten, habe ich dem den Vorzug gegeben.

Griffon führt mich in einen wohlhabenderen Teil der Stadt. Nett von seinen Leuten, seiner Tante hier ein Haus verschafft zu haben. Vielleicht wollten sie sich damit freikaufen und ihr das Gefühl geben, in ihrer Schuld zu stehen.

Bevor wir noch das Haus betreten können, kommt ein rothaariger Blitz um die Seite auf mich zu gerannt und nimmt mich in die Arme. Ich schaue hinab auf die Kleine Kat, die ihre Ärmchen um meine Taille geschlungen hat und ihren Kopf gegen meinen Bauch presst. Also gut. Das dürfte das erste Mal sein, dass mich ein Kind umarmt.

Griffon lacht nur, und ich glätte meinen überraschten Gesichtsausdruck. Er muss ja nicht wissen, wie komisch und gleichzeitig gut sich das für mich anfühlt.

»Es ist schön dich zu sehen, Katriona«, quäkt die Kleine.

»Kat«, verbessere ich sie.

Sie schüttelt den Kopf, hält mich aber noch immer fest umklammert. »Ich bin Kat, du kannst also nicht auch Kat sein.«

Griffon krümmt sich vor Lachen, während ich ihn böse anstarre.

»Mich gab's aber zuerst«, sage ich verbissen. »Wenn jemand seinen Namen ändern muss, dann bist du das.«

»Du bist älter; du siehst eher wie Katriona aus.«

Ich starre sie an. »Hast du mich gerade alt genannt?«

Sie macht einen Schritt zurück und zuckt breit lächelnd die Schultern. »Du bist ganz bestimmt älter als ich, deshalb bist du alt, weil ich ja jung bin.«

Die Logik dieser unverschämten Kinder. Griffon verschluckt sich inzwischen fast vor Lachen, aber ich beachte ihn nicht. Sonst müsste ich ihn umbringen.

»Geht es dir besser?«, fragt das Mädchen und mustert mich von Kopf bis Fuß, als versuchte sie eine Verletzung zu entdecken, die mich von einem früheren Besuch abgehalten hat.

»Ja, ist alles wieder normal«. Fast. Dieser Drang, Griffon zu bespringen ist nicht völlig normal. Selbst der Gedanke lässt mich im Innern wieder diese Hitze empfingen, aber das ist jetzt wirklich total unangebracht, nicht nur, weil die Kleine Kat mich genau beobachtet.

»Gut. Dann kannst du mir ja helfen.«

»Wobei?«

»So zu werden wie du.«

Griffon hatte gerade aufgehört zu lachen, aber jetzt prustet er wieder los. Wir beachten ihn beide nicht.

»Warum willst du so sein wie ich?«, frage ich, ehrlich verwundert. An mir gibt's doch nichts, was ein kleines Mädchen attraktiv finden könnte. Ich bin ein Killer, töte Menschen. Ich habe kein Sozialleben, ich bin nicht hübsch, ich besitze keine tollen Dinge. Ich bin nicht besonders freundlich, bin sogar gerne unfreundlich und ich bin ... also jedenfalls würde ich die meiste Zeit eigentlich lieber nicht so sein wie ich bin.

»Du bist stark«, sagt sie einfach. »Du kannst sie alle umbringen. Ich bin dazu noch nicht stark genug.«

Oh je. Sie ist wirklich mein Klon. Ein Baby-Killer.

»Wen willst du denn umbringen?«, frage ich sie und bemühe mich um einen neutralen Tonfall.

»Alle. Die ganzen Leute, die mir wehgetan haben. Die dir auch wehgetan haben. Und die anderen wehtun.«

»Die von der Meute?«

»Ja, und die anderen, die gekommen sind, um mich anzusehen.«

Das veranlasst mich, vor ihr niederzuknien, damit wir auf Augenhöhe sind. »Welche anderen?«

»Ich weiß nicht, aber das waren keine Menschen. Die rochen anders, nach was, was ich noch nie gerochen hatte. Die haben mich bei den Tests beobachtet.«

Griffon hört auf zu lachen und kommt näher heran. «Haben die so gerochen wie ich?«

Sie schüttelt den Kopf. »Nein, nicht wie du. Manche von der Meute riechen wie du, aber nicht die Besucher. Die waren anders.«

Griffon und ich tauschen Blicke aus. Eine andere Art, weder Gestaltwandler noch Sirenen. Die Kleine Kat hat Lily getroffen, also können es auch keine Sukkuben gewesen sein oder ihr wäre die Ähnlichkeit aufgefallen. Was gibt's denn sonst noch? Bis ich Lily getroffen habe, war ich immer nur mit Menschen und Wandlern zusammen.

»Sahen die wie Menschen aus?«, frage ich, und Kat nickt.

»Aber die haben anders gerochen, süßlich. So, als ob die gut schmecken würden, wenn man sie essen würde.«

Gut, der nächste Schock. Hat sie gerade davon gesprochen, Menschen zu essen? Bitte lass sie nicht auch noch kannibalistische Neigungen haben.

Griffon räuspert sich. »Hast du jemals jemanden gegessen?«

Sie sieht ihn an. »Natürlich nicht, aber manchmal haben sie mir Blut zu trinken gegeben. Das schmeckt oft ganz eklig, manchmal aber auch gut.«

Mir steigt die Galle hoch. Die haben sie tatsächlich Blut trinken lassen. Das geht doch gar nicht. Ja, wenn ich Panthergestalt habe und jemanden töte, schlucke ich zufällig manchmal Blut runter, aber ich würde das doch nie trinken – wie ein Vampir. Geht echt gar nicht.

»Also wir werden dir hier kein Blut geben«, erkläre ich mit gezwungenem Lächeln. »Hat dir Griffons Tante gutes Essen gegeben?«

Sie nickt eifrig. »Sie hat mir jeden Abend Pfannkuchen gemacht. Mit viel Schokoladensoße.«

Das hört sich schon eher wie etwas für mich an. Ob da noch welche übrig sind? Oder ob sie heute Abend wieder welche macht? Dann könnte ich noch ein bisschen länger hierbleiben... Pfannkuchen sind das reine Lebenselixier.

Ich stehe wieder auf, und sofort nimmt die Kleine Kat meine Hand. Erst Umarmen, jetzt Händchenhalten. Als nächstes wird sie in meinem Bett schlafen und von mir Gutenachtgeschichten hören wollen. Ich muss ihr klarmachen, dass ich nicht ihre Mutter bin. Ich bin vielleicht so etwas wie eine Schwester für sie, im weitesten Sinne, aber ich eigne mich nicht zum Kinderhüten. Hoffentlich kann sie noch länger bei Griffons Tante bleiben. Vielleicht sogar auf Dauer? Das würde ihr die Chance auf ein ganz normales Leben geben.

»Komm rein, sonst schmilzt das Eis!«, ruft eine Frau durch das offene Fenster.

Eis? Mein Katzeninneres miaut ganz laut.

Griffon wirft mir einen Blick zu.

Oh je. Ich habe tatsächlich miaut. Bin wohl doch noch nicht vollkommen wiederhergestellt.

Tante Rose ist von ausladender Gestalt und hat glühende Wangen und blitzende Augen und einen so üppigen Haarschopf, dass der sein Eigenleben zu haben scheint. Er bewegt sich auch, wenn sie das nicht tut, selbst wenn kein Wind weht.

Sie setzt uns um den Küchentisch herum und stellt vor jeden von uns eine Schüssel mit Eis und Erdbeeren, gekrönt von einer Haube aus Schlagsahne. Ich liebe sie auf Anhieb.

»Guten Appetit«, sagt sie mit breitem Lächeln. »Lasst es nicht schmelzen.«

Die Kleine Kat schaufelt sich sofort Eiscreme in den Mund, die Kälte scheint ihr nichts auszumachen. Ich bin ein bisschen langsamer, will jeden Bissen genießen.

»Einfach wunderbar«, seufzt Griffon. »Erinnere mich daran, dich öfter zu besuchen.«

Rose kichert. »Wenn ich dich mit Eiscreme locken kann, dann sei's drum.«

»Und Erdbeeren«, fügt er hastig hinzu. »Die gehören unbedingt dazu.«

»Natürlich. Normalerweise würde ich noch einen Schokoriegel reinstecken, aber die hat Kat alle schon gegessen.«

Ich will schon fast protestieren, dass ich es nicht war, als mir einfällt, dass ich ja nicht die einzige Kat hier bin. Das ist echt verwirrend, aber es liegt nicht an mir, das zu ändern. Wenn, dann muss die Kleine Kat schon irgendwas Einmaliges für sich entdecken, einen Namen, der dann wirklich ihr gehört. So kann ich ihr das vielleicht auch vermitteln. Dass, wenn sie wie ich sein will, sie ganz sie selbst sein muss, mit einem eigenen Namen. Ja, diesen Plan werde ich ab jetzt verfolgen.

»Schön, dich endlich kennenzulernen«, sagt Rose, nachdem alle ihre Schüsseln leer geschleckt haben. Also auf die Kleine Kat trifft das jedenfalls zu. Ich beneide sie darum, dass sie als Kind noch die Freiheit hat, das in der Öffentlichkeit zu tun. Bei mir zu Hause und wenn ich allein wäre, würde ich die Schüssel auch auslecken, aber hier muss ich mich »erwachsen« verhalten.

»Freut mich auch.«

Soweit reicht bei mir der Small Talk gerade noch. Hoffentlich fängt sie jetzt nicht an, übers Wetter zu reden.

»Ist Yvonne hier?«, fragt Griffon. »Ich hab sie eine ganze Weile nicht gesehen.«

Seine Tante schnaubt. »Ich auch nicht. Sie ist wieder mit nem Kerl zusammen. Junge Liebe«.

Er reißt die Augen auf. »Meine Schwester hat einen Freund?«

»Ach, ich dachte, du wüsstest das. Sie wird mich wahrscheinlich umbringen, dass ich dir das gesagt habe, aber ja, das läuft jetzt schon ein paar Wochen. Sie ist kaum noch hier, verbringt die ganze Zeit in seiner Wohnung. Ich erinnere mich gut, wie das damals mit meinem Jimmy war. Genauso, wir waren jede Minute zusammen, alles andere wäre Zeitverschwendung gewesen. Du könntest sie bitten, ihn dir mal vorzustellen. Ich habe ihn noch nicht kennengelernt, aber er hört sich nett an.«

»Sie sagt, er ist tooooll«, fügt die Kleine Kat hinzu. »Sie dehnt immer das O so, wenn sie von ihm spricht. Tooooll.«

Wie ich sie da so sehe, froh und unschuldig, macht mich das glücklicher, als ich gedacht hätte. Das bedeutet doch, dass es für sie Hoffnung gibt. Ihr Start ins Leben war alles andere als »tooooll«, aber das bedeutet nicht, dass sie keine Chance auf persönliches Glück mehr hat. Vielleicht kann die Zeit sogar Wunden heilen und ihr einen Neustart ermöglichen. Und dabei will ich ihr helfen. Ich selbst werde nicht vergessen könne, was die Meute mir angetan hat, aber für sie besteht diese Chance noch.

»Also jetzt will ich den aber unbedingt kennenlernen.« Griffon sieht gar nicht glücklich aus. Fühlt er sich für seine kleine Schwester als großer Bruder verantwortlich? Oder will er sie kontrollieren? Ist er eifersüchtig?

»Bleibt ihr noch zum Abendessen?«, fragt Rose.

Noch bevor ich mich erkundigen kann, ob es wieder Pfannkuchen gibt, schüttelt Griffon den Kopf. »Wir müssen noch was erledigen, aber danke für das Angebot«.

»Kann ich mitkommen?« Klein-Kat sieht mich erwartungsvoll an.

»Leider nicht. Aber bevor wir gehen, muss ich noch was mit dir besprechen. Irgendwo, wo wir ungestört sind.«

Rose sieht mich neugierig an, nickt dann aber und führt uns in ein kleines Wohnzimmer. Das ist wahrscheinlich nicht das einzige in diesem Haus, dafür ist es nicht groß genug. Mehr so eine Art Vorzimmer, in dem man vor dem Essen einen Drink nehmen kann. Ich kenne mich bei so vornehmen Sachen nicht gut aus.

»Wann kann ich denn mit dir nach Hause kommen?«, fragt Klein-Kat sobald wir uns auf dem dicken gelben Sofa niedergelassen haben. Nicht gerade die Farbe, die ich gewählt hätte.

Ich finde es interessant, dass sie schon von Zuhause spricht. Wie lange war sie in unserem Hauptquartier – einen Tag, zwei Tage? Und das reicht, um es zu einem Zuhause zu machen. Kinder sind schon merkwürdig.

»Im Moment ist es besser, wenn du hier bleibst. Die Meute wird sich rächen wollen und vielleicht M.I.A.U. angreifen. Falls das passiert, möchte ich, dass du so weit weg wie möglich bist. Die wissen nicht, dass du hier bist, also bist du hier sicher.«

»Bei dir wäre ich aber auch sicher«, klagt sie. »Du würdest doch auf mich aufpassen.«

Ihr Vertrauen in mich rührt mich. Ist das nur, weil ich ihr Klon bin, ihre ältere Schwester?

»Ich würde alles tun, damit dir nichts passiert«, versichere ich ihr, »aber wenn die Meute angreift, sind die eindeutig in der Überzahl. Das verstehst du doch, oder?«

Sie sieht mich an und nickt nach kurzem Zögern.

Ich lächele sie an. »Das Leben hier bei Rose hört sich nicht schlecht an. Pfannkuchen und Eiscreme, da komme ich fast in Versuchung, mich selbst hier einzuquartieren.«

Klein-Kat lacht und leckt sich die Lippen. »Tante Rose kocht ganz toll. Sie liest mir auch jeden Abend Geschichten vor.«

»Das ist aber nett von ihr. Was sind das denn für Geschichten?«

»So Sachen über Prinzen und Drachen und böse Hexen. Ich sag ihr immer, dass diese Geschichten doch alle nicht wahr sind, aber sie meint nur, das müsste so sein.«

Ich muss wieder lachen. Klein-Kat hat mit Märchen keine Erfahrung. Gut, ich ja auch nicht und erst recht nicht, als ich so alt war wie sie. Bei der Meute gab es keine Gutenachtgeschichten. Manchmal habe ich von einem meiner Opfer ein Buch mitgehen lassen, damit ich besser Lesen lernen konnte, aber das waren eigentlich immer Erwachsenenbücher, nichts über Prinzen.

»Genieß das nur«, sage ich. »Du hast eine schwere Zeit hinter dir, jetzt kannst du all diese schönen Dinge erleben.«

Sie nickt so ernst, als hätte ich ihr einen Befehl gegeben, dem sie jetzt folgen wird. »Aber ich kann bald zu dir kommen und bei dir wohnen?«

»Wenn die Gefahr vorbei ist, können wir darüber reden.«

Die Enttäuschung steht ihr ins Gesicht geschrieben. Sie hat noch nicht gelernt, ihre Gefühle zu verbergen.

»Ich muss nur erst ein hübsches Zimmer für dich finden«, füge ich schnell hinzu, woraufhin sie mir wieder ein kleines Lächeln schenkt. »Und dann alles besorgen, was du so brauchst. Ich habe noch nie ein Kind im Haus gehabt.«

Ich hatte schon mit Protest gerechnet, weil ich sie als Kind bezeichnet habe, aber sie sagt nichts.

»Aber bevor ich jetzt weggehe, muss ich dir ein paar Fragen stellen. Es ist sehr wichtig, dass du versuchst, sie alle zu beantworten. OK?«

Sie nickt, wieder ganz im gehorsamen Modus.

»Als du bei Großmutter Doktor warst, hast du da auch andere Kinder gesehen?«

Sie zieht die Stirn in Falten, und ihre Augen werden glasig, als schaue sie in ihr Inneres, um dort Erinnerungen auszugraben.

»Vielleicht«, flüstert sie nach einer ganzen Weile. »Ich hab gehört, dass sie über andere geredet haben, aber ich bin nicht sicher, ob ich eines von ihnen getroffen habe. Ich kann mich nicht genau erinnern, ich hatte ja das Halsband um.«

Sie reibt sich an der Kehle, und ich fahre mir instinktiv mit der Hand an den Hals. Wir haben beide Schaden erlitten. Aber sie wird hoffentlich darüber hinwegkommen. Sie ist noch jung.

»Gab's da andere Leute mit unserer Haarfarbe? Die sind nicht zu übersehen!« Ich lächle sie sanft an. Ihr Haar hat dieselbe feurige Farbe wie meines, scheint nur weicher zu sein.

Sie zieht wieder die Stirn kraus und schaut in die Ferne. »Einmal... da war eine Frau, die war ungefähr so alt wie du. Sie saß auf einem Stuhl neben mir. Sie hat nicht mit mir gesprochen, hat mich nur lange angeschaut. Dann haben sie uns beide schlafen lassen, und als ich aufwachte, war sie wieder weg.«

Ich balle die Fäuste. Das könnte der Klon gewesen sein, der nach mir kam, müsste jetzt circa 16 Jahre alt sein. Für Klein-Kat war sie schon alt. Die Alternative, dass sie ein Klon sein könnte, von dem wir noch nichts wussten, lasse ich lieber mal außen vor.

»Tut mir leid«, schluchzt sie. »Ich kann mich so schwer erinnern. Das ist alles wie Nebel, und ich habe Angst, da zu weit reinzugehen, weil ich mich verirren könnte.«

Ich nehme ihre Hand und drücke sie als hoffentlich mitfühlende Geste. Ich habe gesehen, dass andere Leute das tun. »Ist schon gut. Wir werden das schon herausfinden, keine Sorge. Falls dir noch was einfällt, sag mir einfach Bescheid. Tante Rose weiß, wie sie mich erreichen kann. Und du kannst dir aufschreiben, wenn du dich an was erinnerst, dann vergisst du es nicht so leicht wieder.«

Sie reißt die Augen auf. »Das kann ich nicht.«

»Was kannst du nicht?«

Ihre Unterlippe zuckt, und sie schaut weg von mir. »Schreiben.«

Verdammt. Die haben ihr so was nicht beigebracht. Scheißkerle.

»Kannst du denn lesen?«

Sie nickt eifrig. »Ein bisschen«.

»Gut, sehr gut. Ich werde mit Rose sprechen, vielleicht kann die dir das Schreiben beibringen. Möchtest du das?«

Heftiges Nicken.

Ich lächle sie breit an, versuche meine Traurigkeit zu verbergen. »Wenn das alles vorbei ist, können wir dich vielleicht in die Schule schicken. Da könntest du mit anderen Kindern zusammen sein, Freunde finden, Lesen, Schreiben, Rechnen lernen und viele andere Dinge.«

»Wirklich?«

»Ja, wirklich. Aber zuerst müssen wir die Meute erledigen. Solange die noch an der Macht sind, können wir nicht in Sicherheit leben.«

Sie beißt sich auf die Unterlippe und schaut mir dann in die Augen. »An eine Sache kann ich mich erinnern.«

»Ja?«

»Sie haben mich zu einem Haus gebracht. Das war blau mit rotem Dach. Ich will nicht mehr daran denken, was sie dort mit mir gemacht haben, aber vielleicht kannst du das Haus finden. Es war groß.«

Ich zucke zusammen angesichts der Qual in ihren Augen. Kein Kind sollte so etwas erdulden müssen.

SECHS

Wir reden nicht viel auf dem Rückweg. Griffon hat sich nicht erkundigt, was ich von Klein-Kat erfahren habe. Ich werde es ihm zu gegebener Zeit sagen, muss aber selbst erst einmal darüber hinwegkommen, wie sehr sie von der Meute misshandelt wurde. Das war mir zwar klar, wenn man bedenkt, in welchem Zustand wir sie gefunden haben. Aber diese Qual in ihren Augen, dieser verzweifelte Versuch, die schlimmsten Erinnerungen zu verdrängen...das tut weh.

Ich hatte immer geglaubt, mir wäre es schlecht gegangen, aber im Vergleich hatte ich es noch gut.

Ich muss mich von diesen finsteren Gedanken ablenken, sonst funktioniert mein Hirn nicht rational.

»Deine Tante ist sehr nett«, ist alles, was mir spontan einfällt.

»Stimmt. Warte, bis du ihre Pfannkuchen probiert hast!«

»Ist Essen für sie die Hauptsache?«

Er zuckt mit den Schultern. »Sie spricht nicht viel über die Zeit in ihrem Leben, bevor ihr Mann gestorben ist. Also ja, Essen spielt für sie jetzt eine große Rolle. Sie spricht gerne über den Klatsch und Tratsch in der Stadt, die Bücher, die sie gerade liest, aber nie über die Vergangenheit. Es ist, als ob sie sich zwingt, nur in der Gegenwart zu leben. Vielleicht hat sie Angst, wieder verrückt zu werden, wenn sie an die Dinge in der Vergangenheit rührt.«

»Das ergibt Sinn.« Ich bleibe stehen, und er sieht mich fragend an. »Wir müssen was besprechen. Wenn wir gegen die Meute vorgehen, wenden wir uns automatisch auch gegen deine Familie. Du bist ihnen vielleicht nicht aufgefallen, als wir in das Labor eingedrungen sind, aber bei einem richtigen Angriff auf ihr Hauptquartier könntest du nicht mehr unter dem Radar bleiben.«

Er nickt. »Ist mir klar.«

»Du hast gesagt, dein Vater würde dich umbringen, wenn du dich gegen ihn stellst.«

Griffon zuckt mit den Schultern. »Ja, das kann er versuchen. Aber wenn es die Meute nicht mehr gibt, bedeutet das auch, dass er keine Macht mehr über die Stadt hätte. Er müsste selbst herkommen oder jemanden schicken, der es für ihn tut. Ich kenne seine Gedankengänge und könnte ihm ausweichen. Und wenn nicht, dann werde ich ihn selbst töten.«

Da ist Stahl in seiner Stimme, und der ist vor langer Zeit geschmiedet worden. Ich bin sicher, er wird es tun, wenn er dazu gezwungen ist.

»Ich werde dir helfen. Du hast an meiner Seite gekämpft, also werde ich auch an deiner stehen.«

Er tritt näher an mich heran, verringert die physische Distanz. Meine Haut prickelt durch diese Nähe.

Das macht mich total an. Wenn wir nicht von so vielen Leuten umgeben wären, würde ich ihn anspringen. Die Versuchung ist so groß, meine Hände unter sein Hemd zu schieben, ihn hier und jetzt zu nehmen, ihn zu vögeln, als wäre das Ende der Welt in Sicht.

»Kat.«

Seine Stimme trieft wie Honig und Katzenminze, ich fühle mich magisch zu ihm hingezogen. Bevor ich mich beherrschen kann, liegen meine Lippen auf seinen und wir küssen uns hart und wild, unsere Zungen tanzen miteinander, unser Atem verschmilzt. Brennendes Verlangen glüht in meinen Adern. Wenn ich ihn jetzt nicht haben kann, wird etwas passieren. Ich bin kurz vorm Explodieren, so voller Energie, die irgendwo ein Ventil braucht.

Ich spüre kaum den stechenden Schmerz, als meine Fingernägel zu Krallen werden. Ich ziehe sie ihm über den Rücken, und er stöhnt, zieht mich an seine Brust, während sein Mund in meinem Verwüstungen anrichtet.

»Muss das auf der Straße sein?!« ruft jemand und sofort ebbt mein Sexrausch ab. Ich mache einen Schritt zurück, die Hitze in meinem Körper verschwindet schnell und macht einem unbestimmten Gefühl von Peinlichkeit Platz. Verdammte rollige Kat. Ich schlaf doch nicht mit Männern, die ich kenne. Jedenfalls war das früher mal so. Da war mein Motto Bedürfnisbefriedigung ohne Beziehungskiste. Jetzt hab ich gerade auf einer belebten Straße intensiv mit einem Kerl geknutscht, und es war mir egal, dass er mein Freund ist und auch bleiben soll. Das will ich nicht durch meine irrlichternden Hormone aufs Spiel setzen.

Griffon räuspert sich. »Sollen wir zu mir gehen? Ist nicht weit.«

Er hat tatsächlich eine Wohnung? Ja, schreit es in mir, nimm mich mit, damit wir weitermachen können, aber die vernünftige Kat übernimmt jetzt die Kontrolle.

»Wir sollten lieber zurückgehen und Pläne machen.«

Ich erwarte, dass er nickt und das akzeptiert, aber stattdessen legt er wieder die Arme um meine Taille und zieht mich näher zu sich heran.

»Ich glaube kaum, Kat. Du hast den Siron in mir geweckt und solltest jetzt besser beenden, was du begonnen hast.«

Seine Augen sind wie grüne Seen der Lust und schimmern unnatürlich. Ist das der Siron in ihm? Hat er sich tatsächlich verwandelt oder war das nur metaphorisch gesprochen?

»Zu mir, schnell, sonst nehme ich dich hier und jetzt.«

Seine Stimme ist ein heiseres Flüstern und wie auf Knopfdruck ist die Hitze wieder da und mit ihr der

Drang, ihn tief in mir zu spüren. Zum Teufel mit der vernünftigen Kat.

Ich lasse ihn meine Hand nehmen und mich von der Menschenmenge weg führen. Wir gehen durch enge Straßen, rennen fast, getrieben von dem Drang, den wir beide in uns spüren.

»Wenn wir jetzt nicht gleich da sind...«, drohe ich und merke, dass meine Krallen wieder zum Vorschein kommen. Er könnte mich jetzt auch gegen eine Hauswand pressen und dort nehmen, das wäre mir gerade recht. Mein Blut kocht, mein Körper schreit nach Erlösung. Ich will ihn, will ihn so sehr.

Macht nichts, dass ich gerade erst mit Ryker zusammen war. Und nicht lange davor mit Lennox. Im Moment führt mein Katzenwesen die Regie, und Katzen paaren sich mit zahlreichen Partnern. Sie scheren sich nicht um menschliche Konventionen. Ich will, was mir gehört, und Griffon ist der Preis, den ich jetzt einfordern werde.

»Gleich da.«

Er ist außer Atem; vom Laufen oder weil er versucht, seinen Körper unter Kontrolle zu halten? Ich war noch nie mit einem Siron zusammen. Wird das anders sein? Ist sein Körper irgendwie anders gebaut? Wartet da eine Überraschung auf mich, wenn ich ihm seine schwarze Lederhose herunterreißen werde?

Ein großer Wohnblock türmt sich über uns, dunkel und leicht bedrohlich. Kein Ort, an dem ich gerne wohnen würde, aber Griffon zieht mich durch die Eingangstür und zwei Stockwerke nach oben, in seine

Wohnung. Wir schaffen es nicht bis zum Schlafzimmer.

Seine Kleider liegen im Nu auf einem Haufen auf dem Boden, und dann steht er nackt vor mir, aufreizend nackt. Ich lasse ihn seine Stiefel anbehalten, denn sein Anblick nur mit seinen hohen Lederstiefeln bekleidet und sonst nichts turnt mich noch mehr an. Urwüchsige Lust lässt mich knurren und ihn gegen die Wand drücken.

Ich lege eine Hand um seine Kehle, halte ihn dort fest, bearbeite seinen Mund, sauge ihn ein, mache ihn mein eigen. Ich hätte gedacht, der Kuss auf der Straße wäre wild gewesen, aber das hier ist noch was anderes. Er schnappt nach Luft, und ich merke, dass ich ihm den Hals zugedrückt habe. Ich gebe ein bisschen nach, und er atmet tief ein. Seine Augen sind auf meine fixiert, unnachgiebig, er lenkt keinen Moment den Blick ab.

Und dann beginnt er zu singen.

Mit voller Stimme, am besten mit einem Fass alten Whiskys vergleichbar, aber mit Honig durchsetzt, glatt wie Seide. Sein Lied umhüllt mich, umschließt mich fest, gleitet über meinen Körper wie hundert Hände.

Ich trete einen Schritt zurück, vollkommen verzaubert von seinem Gesang. Ich ziehe mich aus, denn das suggeriert mir sein Lied und präsentiere mich meinem Siron. Seine Töne streicheln meinen Körper, berühren mich, lassen mich zittern.

So steht Griffon da, die Hände um seinen Phallus und singt, während seine Augen meinen Körper ertasten, beobachtet, wie sein Lied mich für ihn vorbereitet.

Meine Brustwarzen werden hart und stellen sich auf, als diese unsichtbare Macht sich um meine Brüste windet. Ich stöhne, meine Hände suchen verzweifelt nach etwas, an dem sie sich festhalten können, aber Griffon ist zu weit weg. Er weiß sicher genau, was ich brauche, kostet aber noch seine Macht über mich aus.

Die Musik füllt meinen Kopf, zeigt mir Bilder von ihm und mir ineinander verschlungen, vereint zu einem einzigen Wesen. Ich berühre mich, reibe mein Innerstes, denn dazu verführt mich das Lied. Vielleicht könnte ich dagegen ankämpfen, den Zauber brechen und weglaufen, aber warum sollte ich? Dies ist genau das, was ich will und brauche.

Von der Musik geleitet trete ich zurück, bis mein nackter Körper die Wand berührt und spreize meine Beine. Endlich bewegt sich auch Griffon, kommt auf mich zu, sein Schwanz hart und bereit, und dann ist er in mir und füllt mich ganz aus. Das Lied wird immer wilder und wir geben uns einander hin wie Tiere, meine Krallen brechen seine Haut auf, und er senkt seine Zähne in meinen Nacken, während er mit Macht in mich hinein stößt und ich bei jedem Stoß aufstöhne. Wir sind keine menschlichen Wesen mehr, tun auch nicht so, als wären wir's. Wir sind Geschöpfe der Nacht, nur von unseren Instinkten geleitet, und in dem Moment, wo mir das klar wird, lasse ich los.

Nichts ist jetzt wichtig außer ihm. Seinen Berührungen. Seinem Lied. Seinem Körper an meinem. Unserem Tanz, der Musik, die er erschafft und der Melodie, die nur uns allein gehört und aus den wilden Tiefen unserer Herzen kommt.

Mein Körper fühlt sich wund an, als ich langsam aus der reinen Bedürfnisbefriedigung wieder auftauche. Wir liegen auf Griffons Bett, das eigentlich zu schmal für uns beide ist, weshalb ich halb auf ihm drauf liege und ein Bein in der Luft baumelt. Wir haben uns geduscht, sind dann auf dem Teppich im Wohnzimmer gelandet, dann auf dem Bett, dann wieder eine Dusche, und jetzt liegen wir wieder auf dem Bett, und die Lust in unseren Adern pulsiert langsam aus. Diverse Muskeln tun mir weh von all den merkwürdigen Positionen, die Griffons Sirenenstimme uns hat ausprobieren lassen. Ich weiß nicht genau, wie viel Kontrolle er selbst über all das gehabt hat.

Ich empfinde aber definitiv kein Bedauern. Das bisschen Wundsein war die Sache wert.

Ich lecke meine Lippen, habe Durst, scheue aber die Anstrengung, jetzt vom Bett aufzustehen. Stattdessen ruhe ich mich mit dem Kopf auf seiner Brust liegend aus und höre seinem regelmäßigen Herzschlag zu.

»Danke«, flüstert er.

Ich blinzele ihn mit einem Auge an. »Wofür?«

»Dafür, dass du meinen Siron akzeptiert hast. Und nicht weggerannt bist«

Ich lächle zufrieden. »Das war doch viel zu schön, um davor wegzulaufen.«

Er streckt die Arme aus und schlägt dabei mit den Handgelenken an die Wand. Sein Zimmer ist definitiv zu klein für zwei Leute. Die ganze Wohnung ist winzig, aber für eine Person wahrscheinlich ausreichend. Die Küche habe ich noch nicht gesehen, hoffe aber, dass der Kühlschrank mit Junk Food gefüllt ist. Ich bin nach dem Sex kein Freund von gesunder Kost. Da brauche ich jede Menge Kalorien, um die Energiespeicher wieder aufzufüllen.

»Mit Menschen kann ich das nicht machen«, sagt er ruhig. Ich kann sein Gesicht nicht sehen, höre aber das Bedauern in seiner Stimme. »Die sterben meistens dabei. Die Sirene ist zu stark für sie.«

»Die sterben an Sex?«, frage ich ungläubig.

»Nein, an dem Energieverlust, den sie durch die Sirenen erleiden. Ein bisschen so, wie das auch die Sukkuben mit ihren Verführungskünsten machen, wobei es bei Sirenen nicht um Sex gehen muss. Sie können diese Energie auch durch die Furcht anderer gewinnen. Eigentlich durch alle starken Emotionen, aber die meisten meiner Familienmitglieder bevorzugen Furcht.« Er lacht freudlos. »Einer von vielen Gründen, warum ich sie verlassen habe.«

»Also – bedeutet dass, du hast mich ausgesaugt?«

Er hebt mit einer Hand mein Kinn an und zwingt mich so, ihn direkt anzusehen. »Du hast das nicht gemerkt?«

»Nein.«

»Aber ... fühlst du dich denn jetzt nicht ausgepowert? Erschöpft?«

»Schon, aber das ist doch normal nach allem, was wir gerade angestellt haben. Ich fühle mich nur angemessen müde.«

Er runzelt die Stirn, hält noch immer meinen Kopf in derselben Position. »Merkwürdig, ich habe das Gefühl, dass der Siron in mir befriedigt wurde. Er ist satt und entspannt. Ich habe mich schon lange nicht so frei gefühlt.«

»Du redest, als sei der Siron eine von dir getrennte Person. Ich dachte, du *wärst* ein Siron.«

Er zieht eine Grimasse. »Man nennt mich einen Siron, das ist die Spezies, zu der ich gehöre; aber ich empfinde mich als irgendwo dazwischen stehend – der Sirenen-Anteil ist tief in mir verankert. Vielleicht bin ich das, vielleicht ist es nur ein Schutzmechanismus, den ich entwickelt habe; damit ich mir sagen konnte, dass nicht ich es war, der all diese schlimmen Dinge getan hat. Aber es stimmt schon, es ist ein getrennter Teil von mir, und die meiste Zeit kann ich ihn beherrschen. Nur, wenn er eine Weile nicht gefüttert wurde, verliere ich die Kontrolle über ihn. Vorhin da draußen auf der Straße, als du mich so aufreizend verführt hast, ist das beinahe geschehen. Die einzige Art und Weise, wie ich vorübergehend wieder die Oberhand gewinnen konnte, war durch das Versprechen an meinen Siron, dass ich dich hierher bringen würde. So dass wir dich beide haben konnten.« Er legt sanft meinen Kopf wieder auf seine Brust, wahrscheinlich, weil er mir nicht länger in die Augen schauen will. Ich habe in seinem Blick noch immer Scham gesehen, zumindest einen Augenblick lang. Er gibt sich die Schuld an etwas, was gar nicht passiert ist.

»Du hast nicht von mir gezehrt. Ich bin völlig sicher, dass ich gegen das Lied der Sirene hätte ankämpfen können, wenn ich nur gewollt hätte. Aber ich wollte nicht. Ich habe dich gebraucht, genauso wie du mich.«

Er lacht traurig. »Das bezweifle ich.«

Ich atme tief ein und bedauere jetzt schon, was ich gleich sagen werde: »Ich bin rollig. Wie eine Katze. Also, ich bin ja eine Katze, ist also logisch. Außer, dass mir das noch nie passiert ist und ich am liebsten jeden bespringen würde; und nachdem ich jetzt mit dir zusammen war, fühle ich mich sehr viel besser.«

Die Worte purzeln mir einfach so über die Lippen. Ich kann kaum einen klaren Gedanken fassen. Ich hätte ihm das nicht erzählen sollen. Ist zu peinlich, gibt zu viel preis. Man sollte anderen nie etwas sagen, was sie nicht unbedingt wissen müssen. Das war immer mein Motto. Bloß nicht zu offen sein und anderen zeigen, was du denkst oder fühlst.

Ich bin nicht mehr stark genug, mich an meine eigenen Regeln zu halten. Ich bin schwach geworden. Zu emotional. Menschlich. Ich müsste dringend ein paar Tage als Katze durch die Gegend streunen, um meine menschliche Seite unter Kontrolle zu bekommen. Und mich dann von Griffon, Ryker und Lennox fernhalten. Und den Leuten bei M.I.A.U. Die Bindung zu ihnen ist zu eng geworden. Das lenkt mich von den wirklich wichtigen Dingen ab.

»Du bist rollig«, wiederholt Griffon. »Wirst du dich jetzt bald um meine Waden drücken? Muss ich befürchten, dass du mir auf die Schuhe pinkelst?«

Ich setze mich auf und sehe ihn an, halb ärgerlich, halb amüsiert.

»Das hat meine Katze immer gemacht«, erklärt er mit schiefem Lächeln. »Die saß auf meinen Lieblingsschuhen und hat sie buchstäblich mit ihrer Pisse gefüllt. Du kannst dir sicher vorstellen, wie erleichtert wir waren, als sie endlich sterilisiert war.«

Ich erstarre.

Sein Grinsen wird noch breiter. »Keine Angst, habe keine Absicht, dich sterilisieren zu lassen. Obwohl – tut mir leid, aber der Siron denkt nie groß über geschützten Verkehr nach. Nimmst du ... könntest du schwanger werden?«

Ich starre ihn überrascht an. Daran hatte ich noch überhaupt nicht gedacht.

Scheiße.

SIEBEN

Falls es einen Schwangerschaftstest für Katzen gibt, habe ich bisher noch nie einen gesehen. Stattdessen gehe ich also bei der Apotheke vorbei und besorge mir die »Pille danach«. Die ist zwar für Menschen gemacht, aber wenn, dann würde ja auch mein menschlicher Teil ein Kind zur Welt bringen, nicht die Panther-Kat. Hab zumindest noch nie von einem Gestaltwandler gehört, dessen tierische Form schwanger geworden wäre. Das wäre ...nun ja, wer bin ich schon, dass ich das beurteilen könnte.

Bis wir im Hauptquartier von M.I.A.U. ankommen sind, ist meine frühere Zufriedenheit schon wieder dem bekannten Drang nach Mehr gewichen. Dieser Zustand scheint sich zu verschlimmern. Könnte doch glatt schon wieder mit jemandem in die Kiste springen. Das darf nicht so weitergehen. So bin ich doch gar nicht. Außerdem gibt es viel zu viel Arbeit, und ich will mein

Geschäft nicht wegen dieser hormonellen Verirrungen vernachlässigen.

»Du warst ja ganz schön lange fort«, ruft Lily von oben, sobald ich das Haus betreten habe. »Ist Griffon bei dir?«

»Ja«, ruft er zurück und wirft mir einen fragenden Blick zu. Ich zucke mit den Schultern. Keine Ahnung, was Lily von ihm will.

»Kat?«

Diesmal ist es Bethany, die mich aus dem Labor von unten ruft.

Ich seufze. »Warum wollen alle was von mir?«

Griffon lacht. »Deshalb arbeite ich als Freiberufler. Keine Ahnung wie du es schaffst, neben dir selbst auch noch für andere verantwortlich zu sein.«

»Glaub mir, die meiste Zeit weiß ich das auch nicht.«

Noch ein Seufzer meinerseits, dann gehe ich runter ins Labor, denn Beth hat vielleicht das dringendere und aufregendere Problem zu lösen. Sie hat schließlich zuletzt an den Klon-Experimenten gearbeitet, die die Meute durchgeführt hat.

Sie kommt mir schon an der Tür zum Labor entgegen und ist dabei, ihren Kittel auszuziehen.

»Ist Ryker da?«, fragt sie.

»Keine Ahnung, bin gerade erst zurückgekommen. Wieso?«

»Ich hab das Testergebnis von Pumpkins DNA. Ich denke, er sollte es zuerst erfahren.«

Ich nicke. »Gute Nachrichten?«

»Kommt darauf an, ob du dir wünschst, dass Pumpkin ein Wandler ist oder nicht. Aber ich hab auch was Interessantes über deine Kl… Geschwister herausgefunden.«

»Was?«

Sofort steigen in mir sowohl Nervosität wie auch freudige Erwartung hoch.

»Ich weiß, was zumindest mit zweien von ihnen geschehen ist.«

Ich starre sie überrascht an, dann packe ich sie bei den Schultern.

»Sag schon. Sofort.«

»Sie wurden verkauft.«

In mir zerbricht etwas. Verkauft. Wie Vieh. Wie Sklaven.

»Wann? Wo?«, flüstere ich und versuche verzweifelt, mich zu beherrschen.

»Vor ein paar Jahren. Das waren K4 und K5.«

»An wen wurden sie verkauft?«

Schon die Frage hinterlässt bei mir einen bitteren Nachgeschmack.

»Laut Aufzeichnungen nach Stormborough. Sie sind Zwillinge und wurden an jemanden namens Trauerstein verkauft. Mehr kann ich dir leider nicht sagen, die dazugehörige Rechnung ist alles, was ich habe.«

Sie schluckt schwer, teilt offenbar meine Gefühle.

Eine Rechnung. Wie für andere Waren, die man handelt. Aber doch nicht für Kinder. Nicht für Mädchen, die genauso sind wie ich. Ich komme immer mehr zu der Überzeugung, dass ich es von uns zehn noch am besten getroffen habe. Schließlich bin ich heil da rausgekommen und habe auch keine dauerhaften Schäden davongetragen. Jetzt habe ich mein eigenes Leben, treffe meine eigenen Entscheidungen, bin unabhängig. Frei. Von meinen Geschwistern dagegen weiß ich nicht einmal, wie viele noch am Leben sind. Dreiundvierzig von uns haben schließlich nicht das erste Lebensjahr vollendet. Das ist alles so schlecht und falsch.

»Ich kenne niemanden mit dem Namen Trauerstein. Vielleicht ist das eine Organisation wie die Meute. Ich frag mal die anderen, vielleicht weiß einer von ihnen mehr.«

Ich wende mich ab und gehe weg von ihr, verstecke dabei mein Gesicht. Sie soll nicht sehen, dass ich kurz davor bin, in Tränen auszubrechen.

Katzen weinen nicht. Das machen nur Menschen. Im Moment bin ich also ganz Mensch, im Badezimmer eingeschlossen und versuche, den Tränenfluss zu stoppen. Vielleicht hat das ja auch mit meinen aus dem Gleichgewicht geratenen Hormonen zu tun. Vielleicht bin ich aber einfach nur traurig.

Bevor ich Klein-Kat getroffen habe, wusste ich nicht, dass es von mir weitere Ausgaben gab. Jetzt aber treibt mich die Angst um, dass nicht alle von uns mehr am Leben sein könnten.

»Kat?«

Auf halber Treppe begegnet mir Ryker. Ich wusste nicht mal, dass er im Haus war. Er hält den kleinen Pumpkin in den Armen, weshalb der von Muskelpaketen umgeben ist. Pumpkin miaut mir glücklich entgegen. Er hat keine Ahnung, was vor sich geht. Ich wünschte, das könnte ich auch von mir sagen.

Ich wische mir die Augen, damit mich ja keine Träne verrät.

»Was ist los?«, fragt Ryker und lässt seinen Blick über mich gleiten, als wolle er sichergehen, dass ich keine Verletzungen habe. Aber meine Wunden sind unsichtbar und tief im Innern verborgen; Kratzer auf der Seele, offene Schnitte, die nicht verheilen.

»Sag ich dir später.«

Meine Stimme klingt erstickt und brüchig. Ich sollte jetzt nicht zu viel sprechen. Er soll nicht mitbekommen, wie schwach ich mich gerade fühle.

»Gut, ich werde dich daran erinnern. Lily hat mir gesagt, sie hätte das Ergebnis von Pumpkins Bluttest.«

Er fährt mit den Fingern durch das Fell seines Sohnes. »Willst du mitkommen und herausfinden, was er nun eigentlich ist?«

Nochmal zurück ins Labor? Mit den frischen Erinnerungen an das, was Beth mir gerade gesagt hat?

»Nein, geh mal lieber alleine, das geht zunächst euch beide an.«

Enttäuschung huscht über sein Gesicht, macht aber schnell wieder der Sorge Platz.

»Ist mit dir wirklich alles in Ordnung?«

Ich zucke mit den Schultern. »Mach schon, sprich mit Bethany.«

Wenn er nicht gerade einen ungeduldigen kleinen Kater auf dem Arm hätte, würde er bestimmt hierbleiben und mich weiter ausfragen; aber zum Glück miaut der Kleine laut, und Ryker geht seufzend weiter.

Endlich allein.

Ich gehe langsam die Treppe hinauf, will nur noch in mein Zimmer; meine Hängematte und eine dicke Kuscheldecke sind alles, was ich mir im Moment wünsche. Einen Ort, wo ich mich vor dieser schrecklichen, grausamen Welt verstecken kann.

»Kat?«

Ich wirbele herum und starre Lennox an. Warum können die mich nicht endlich in Ruhe lassen?

»Was ist?«, fauche ich ihn an.

»Äh, nichts«, stottert er, sehr überrascht von meiner heftigen Reaktion. »Ist was nicht in Ordnung?«

Ich schaue ihn an. Meint er das ernst?

Und dann beginne ich zu lachen. Er fragt doch tatsächlich, ob alles in Ordnung ist. Zu komisch!

Ersticktes Lachen wird zu hysterischem Kichern. Lennox sieht mich hilflos an, aber dann nimmt er mich in die Arme und hält mich fest; seine Arme sind um mich geschlungen wie die Kuscheldecke, die ich mir vorhin gewünscht habe. Ich erstarre, das Gelächter stoppt. Ich sollte weglaufen. Mich verstecken. Von ihm weg. Er soll mich doch nicht so sehen.

Aber dann reibt er meinen Rücken, und ich lasse endlich los. Meine Tränen tropfen auf sein Hemd, nasses Zeichen meiner inneren Qual. Eine äußere Verletzung würde ich vorziehen. Eine blutende Wunde ist schließlich leichter zu verarzten als diese Tränen verströmenden Augen.

Seine Hände ziehen sanfte Kreise auf meinem Rücken und zwingen mich, ihm nachzugeben. Ich lasse es zu, dass er mich dichter an sich heranzieht, mich hält, und habe beinahe Angst, dass er mich jeden Moment von sich wegschieben könnte. Dies ist schließlich nicht die Kat, die er kennt. In seiner Gegenwart war ich immer stark. Jetzt bin ich alles andere als das. Gebrochen, traurig, verzweifelt mich nach Wärme sehnend. Ich brauche jemanden, der mir sagt, dass alles gut werden wird, dass diese meine Welt wieder ein besserer Ort sein wird als er derzeit ist; aber darum kann ich ihn natürlich nicht bitten.

Ich muss es auch nicht.

»Es wird alles gut werden«, flüstert er sanft, als könne er meine Gedanken lesen. Das löst einen weiteren Strom von Tränen aus. »Wir werden einen Weg finden, wie wir das gemeinsam durchstehen. Du bist ein Survivor, Kat, und wirst es auch diesmal sein. Wir werden das Ende des Tunnels erreichen und gestärkt aus all dem hervorgehen.«

Bin mir nicht sicher, dass ich so richtig verstehe, was er damit meint, aber ich lasse mich trösten von seinen geflüsterten Worten, sauge sie ein wie Sonnenstrahlen nach einem Regentag.

Er bewegt sich ein bisschen, und ich klammere mich an ihn, aus Angst, er könnte mich verlassen.

»Keine Angst«, flüstert er, »ich bringe dich nur an einen etwas bequemeren Ort.«

Er nimmt mich in seine Arme und hebt mich hoch, hält mich schützend an seine Brust wie ein Kind. Die normale Kat würde ihn dafür umbringen, aber die gibt's nicht mehr; ihr Platz ist jetzt besetzt von der schwachen, verletzlichen Kat. Ich lasse es zu, dass er mich ins Wohnzimmer trägt. Er setzt mich aufs Sofa, berührt sanft meinen Kopf und geht dann zur Tür, um sie von innen abzuschließen. Typisch Lennox – er weiß immer, was gerade zu tun ist. Er ist sich bewusst, dass ich von niemandem so gesehen werden will, also sorgt er dafür, dass dies nicht möglich ist.

Er kommt zurück zu mir, setzt sich neben mich und umfängt mich mit seinen Armen. Meine Tränen fließen noch immer, aber das Schluchzen lässt langsam nach. Dass er hier bei mir ist, hilft dabei sehr. Er erdet mich, gibt mir ein Gefühl von Sicherheit.

Ich schließe die Augen und lehne mich an ihn, lasse ihn mein Haar streicheln und meinen Rücken reiben. Mit jeder Berührung werde ich ein wenig ruhiger, bis schließlich die letzte Träne meine Wimpern benetzt. Aber ich bleibe weiter so liegen. Ich will diesen Augenblick nicht enden lassen. Noch nie war ich so froh, dass Lennox bei mir ist. Er ist alles, was ich brauche, er ist zuverlässig, vertrauenswürdig. Er würde niemals meine Schwäche ausnutzen. Nein, er wird dafür sorgen, dass es mir wieder besser geht, genauso, wie ich das für ihn auch tun würde. Wir sind Freunde und werden es immer sein.

Pumpkin sitzt auf meinem Schoß und schnarcht leise. Seine DNA-Ergebnisse scheinen ihn nicht sonderlich zu interessieren, was man von seinem Vater nicht gerade behaupten kann. Er geht nervös im Zimmer auf und ab, während wir anderen uns auf die Sofas verteilt haben. Ich sitze an Lennox Schulter gelehnt, aber niemand hat bisher eine Bemerkung darüber gemacht. Weder Ryker, mit dem ich auf dem Dachboden geschlafen habe, noch Griffon, mit dem ich mir in seiner Wohnung die Seele aus dem Leib gefickt habe. In ihren Augen sehe ich keine Eifersucht. Das überrascht mich. Vielleicht habe ich ihre Absichten falsch interpretiert. Oder vielleicht hat jeder von ihnen so viel Selbstvertrauen, dass er sich nicht vorstellen kann, ich würde einen anderen ihm vorziehen.

Lily hat uns eine heiße Schokolade gemacht – gut, wahrscheinlich hat sie das hauptsächlich für mich getan angesichts meiner rot geränderten Augen und geschwollenen Nase – und Bethany hat ein paar von ihren Lieblings-Schokokeksen beigesteuert. Ben hat sich zwei auf einmal in den Mund gesteckt und kaut sie geräuschvoll, der einzige Laut, der die Stille unterbricht, die sich auf den Raum gesenkt hat.

Ryker bleibt schließlich hinter dem Sofa mir gegenüber stehen. Sein Blick ist wild, noch katzengleicher als gewöhnlich.

»Pumpkin ist kein voll ausgeprägter Wandler«, sagt er dann abrupt, während aller Augen auf ihn gerichtet sind. »Er ist aber auch nicht ganz Katze, laut Bethanys Testergebnissen.«

Er fährt sich mit der Hand durch die Haare, weiß offenbar nicht, was er tun soll. Ich hatte gehofft, der DNA-Test würde ein eindeutiges Ergebnis liefern, aber die Verwirrung scheint nun größer zu sein als zuvor.

»Es ist möglich, dass das Wandler-Gen in Pumpkin latent vorhanden ist«, erklärt Bethany. »Ich weiß nicht, ob es stark genug ist, um eine vollständige Wandlung möglich zu machen; es wird wohl Jahre dauern, bis wir das mit Sicherheit sagen können. Im Moment ist er jedenfalls überwiegend eine Katze.«

»Ich glaube, er versteht uns Menschen besser, als andere Katzen das tun«, meint Benjamin zögernd. »Wenn ich mit ihm spreche, habe ich das Gefühl, er versteht wirklich jedes einzelne Wort. Die anderen Katzen reagieren hauptsächlich auf meine Körpersprache, aber mit Pumpkin ist das anders. Das könnte an seiner Abstammung liegen.«

Ryker nickt. »Vielleicht. Er war für eine so kleine Katze schon immer außergewöhnlich schlau, aber ich habe den Grund dafür mehr in seiner Erziehung gesehen. Ich habe mich sehr bemüht, ihm vieles beizubringen und auch für die anderen Katzenkinder eine Art Spielschule zu schaffen. Nicht alle Eltern haben die Zeit und Möglichkeit, das zu tun.«

Pumpkin niest plötzlich, sein ganzer kleiner Körper bebt, aber er schläft weiter. Ich lächle auf ihn hinab und beneide ihn um die Ruhe, mit der er all unsere Probleme einfach verschläft.

»Wir können wohl nichts anderes tun, als abzuwarten, wie er sich weiter entwickelt«, murmele ich und bin versucht, ihm sanft den Rücken zu klopfen, will ihn aber nicht aufwecken. Er hat sich sein Nickerchen verdient.

»Die meisten Jungen von Menschen und Wolfswandlern werden zu Menschen mit einem etwas aufbrausenden Temperament«, sagt Lennox und betrachtet Pumpkin neugierig. »Aber Katzen und Wölfe weichen in vielem voneinander ab, da lässt sich nicht viel vorhersagen.«

Ryker nickt. »Wir werden sehen. Ich werde dafür sorgen, dass er viel Kontakt zu Menschen hat; wenn sich dann herausstellt, dass er sich wandeln kann, wird er deren Verhalten schon kennen und sich besser anpassen können.«

Bestimmt nicht mit derselben Augenfarbe wie Ryker. Ich spreche diesen Gedanken nicht aus, will ihm nicht noch mehr Kopfzerbrechen machen, als er eh schon hat. Ryker wird nie als Mensch durchgehen, nicht mit diesen glühenden Augen. Diesen wunderbaren Augen, die jetzt voll auf mich gerichtet sind. Ich zerfließe in ihren honigfarbenen Schattierungen und spüre meine Hormone schon wieder erwachen. Bloß das jetzt nicht!

Er zieht eine Augenbraue hoch. Zum Teufel nochmal, er kann meine Erregung wahrscheinlich riechen. Wie kann ich in seiner Gegenwart nur meinen Verstand nicht verlieren? Zumindest die beiden anderen scheinen nicht mitzubekommen, wie mein Inneres wieder glüht und meine Brustwarzen gegen mein Hemd drücken.

Ich muss da ein paar Nachforschungen anstellen und finde hoffentlich eine Lösung für mein kleines Problem. So kann es nicht weitergehen. Noch ein paar solcher Tage, vielleicht sogar Wochen... ich würde vor Scham umkommen. Vielleicht sollte ich weggehen und eine Weile als Einsiedlerin leben, weit weg von jeder Versuchung. Weit weg von Männern, die mich ansehen, wie Ryker das gerade tut.

»Was machen wir in Sachen Meute?«, fragt Lennox. Ich bin so dankbar für diese Ablenkung.

Ich drehe mich zu ihm um und hoffe, dass Ryker mich nicht länger anstarrt. »Ich denke, meine Geschwister sollten im Moment Vorrang vor allem anderen haben. Klar, alle Wandler leiden unter der Vorherrschaft der Meute; aber auf Grund der Beweise, die wir haben, sind meine Geschwister noch schlimmer dran, werden gequält und misshandelt, man experimentiert mit ihnen. Und jetzt, wo die Meute weiß, dass wir dies herausgefunden haben, werden sie die Mädchen wohl als Druckmittel gegen mich einsetzen. Sie könnten sie auch einer Gehirnwäsche unterzogen haben und sie als Killer auf uns ansetzen. Bin mir nicht sicher, ob ich sie töten könnte, selbst wenn ich müsste.«

Ich muss schwer schlucken allein bei dem Gedanken. Selbst als ich annehmen musste, dass Klein-Kat eine von der Meute vorbereitete Falle für mich sein könnte, wäre ich nicht in der Lage gewesen, ihr etwas anzutun. Das älteste meiner Geschwister ist ungefähr sechzehn Jahre alt, also immer noch ein Kind. Ich könnte nie ein Kind verletzen. Nie.

Griffon nickt. »Sehe ich genauso. Nachdem ich jetzt länger mit der kleinen Kat zusammen war, kann ich mir kaum vorstellen, was sie alles durchgemacht hat. Wenn die anderen noch leben, müssen wir sie finden und befreien.«

Lennox scheint protestieren zu wollen, bleibt dann aber stumm. Er war Teil der Meute, seine Prioritäten sind also anders gelagert.

»Die Mädchen zu retten wird gleichzeitig ein Schlag gegen die Meute sein«, sage ich, vor allem an ihn gerichtet. »Sie haben sie als Waffen geschaffen, ihr Verlust wird also hoffentlich ihre Pläne durchkreuzen, was immer die auch sein mögen.«

Langsam senkt er zustimmend den Kopf. »Ich weiß; es ist nur – ich habe so lange darauf gewartet, gegen die Meute vorzugehen, und jetzt hätten wir die Möglichkeit...Aber ich versteh schon und bin einverstanden. Zuerst die Mädchen, und dann zerstören wir die Meute ein für alle Mal.«

Das hört sich bei ihm so einfach an. Ich wünschte, das wäre es.

»Wir sind zu zehnt«, fasse ich zusammen. »Also sind acht Mädchen noch da draußen. Zwei von ihnen wurden – verkauft, an jemanden in Stormborough. Hat jemand da irgendwelche Kontakte?«

Zu meiner Überraschung hebt Lily die Hand. »Meine Schwester geht dort auf die Sukkuben Akademie. Ich werde sie anrufen.«

»Danke, Beth kann dir die Einzelheiten sagen.«

Ich nicht. Will auch nicht. Allein schon sagen zu müssen, dass zwei meiner Geschwister wie Sklaven verkauft worden sind, hat mir Übelkeit bereitet.

Lennox legt seinen Arm um mich und zieht mich näher an sich heran.

»Wir werden sie finden«, flüstert er. »Wir werden sie retten, keine Sorge. Und dann werden wir dafür sorgen, dass anderen so etwas nicht mehr passieren kann.«

»Das jüngste der Kl- von Kats Geschwistern ist ungefähr drei Jahre alt«, sagt Beth und wirft mir wegen des Versprechers einen entschuldigenden Blick zu. »Dann gibt es eines zwischen dieser jüngsten und Klein-Kat. Die beiden Mädchen in Stormborough sind beide 14; sie sind Zwillinge. Also im Grunde genommen sind sie ja alle genetisch identisch, aber diese beiden wurden zur gleichen Zeit geschaffen. Außer Kat gibt es dann nur noch zwei, die älter sind als sie.«

»Ich finde, wir sollten zuerst nach den älteren suchen. Wenn wir Glück haben, dürfen die sogar nach draußen oder haben Jobs wie ich früher auch. Das würde es leichter machen, sie zu finden. Ich bezweifle allerdings, dass sie sich in dieser Stadt aufhalten. Ich hätte ihren Geruch erkannt.«

»Ja, das hätte ich auch«, fügt Lennox hinzu. »Ich bin manchmal auf Kats Geruch gestoßen, aber den kenne ich gut genug, um ihn eindeutig zu identifizieren. Ich weiß nicht, wie das bei euch Katzen ist, aber Wölfe können das Alter einer Person am Geruch erkennen. Ich hätte bemerkt, wenn der Katzenwandler jünger gewesen wäre als du.«

Das lässt mich wieder seufzen. »Ich bin noch nie aus dieser Stadt rausgekommen. In anderen Städten habe ich keine Kontakte. Was, wenn alle meine Geschwister fortgeschickt wurden? Wie werden wir sie je finden?«

»Dafür hast du ja dein Team«, sagt Lily mit aufmunterndem Lächeln. »Ich werde mit meiner Schwester und ein paar anderen Sukkuben, die ich auf dem Festival kennengelernt habe, Kontakt aufnehmen. Die kamen von überall her, ich habe also jetzt ein ganzes Netzwerk. Die können wahrscheinlich nur sagen, ob jemand ein Wandler ist, nicht genau welche Art, aber wir können ihnen zur Unterstützung eine genaue Beschreibung von dir geben. Wenn die alle wie du aussehen, sollten wir ein paar Fotos von dir in Umlauf bringen, vielleicht auch einige von Klein-Kat.«

»Würde das nicht die Aufmerksamkeit auf sie lenken?«, fragt Ryker mit besorgtem Stirnrunzeln.

Ich zucke mit den Schultern. »Die Meute kennt mich sowieso, und sie wissen, dass ich Klein-Kat befreit habe. Sie wissen, wie ich aussehe. Wir müssen allerdings sicherstellen, dass alle eingehenden Informationen genau überprüft werden. Die Meute wird sicher versuchen, uns eine Falle zu stellen, also sind alle Tipps, die wir bekommen, mit Vorsicht zu genießen. Sie könnten unwahr, sogar gefährlich sein.

»Ich kann versuchen, Verbindung zu einigen Freunden aufzunehmen«, sagt Griffon zögernd. Aber ich weiß nicht, wie viele von ihnen vertrauenswürdig sind. Das würde ich lieber als letzten Ausweg sehen.«

Da die anderen nicht wissen, zu welcher Spezies er gehört, nicke ich nur schnell, bevor jemand ihm eine Frage stellt, die er nicht beantworten kann. Er wird es ihnen eines Tages sagen, aber ich verstehe, warum er das jetzt nicht will. Seine Familie zieht die Fäden hinter der Meute und kontrolliert ähnliche Organisationen überall im Land. Man könnte leicht vermuten, dass er heimlich immer noch einer von ihnen ist – aber ich kenne ihn besser. Ich vertraue ihm.

»Ich kann vielleicht das Netzwerk meines Arbeitgebers für weitere Nachforschungen nutzen.«

Lennox fährt sich mit der Hand durch sein schwarzes Haar. »Mir fällt bestimmt eine gute Ausrede ein. Und ich kenne ein paar Wandler, die zwischen den größeren Städten unterwegs sind. Die könnten mir berichten, falls ihnen je ein Panther-Wandler begegnet ist. Es gibt ja nicht gerade viele von euch.«

Ich lächle ihn an, seine himmelblauen Augen erinnern mich an etwas. »Klein-Kat hat mir von einem blauen Haus erzählt, in das man sie gebracht hat. Ein blaues Haus mit einem roten Dach.«

»Das sollte doch nicht so schwer zu finden sein«, meint Ryker. »Von denen wird es nicht zu viele geben. Ich bezweifle allerdings, dass meine Katzen bei dieser Suche helfen können. Sie sehen Farben anders als ihr.«

Interessant. Als Panther erschien mir die Welt immer etwas matter als in meiner menschlichen Gestalt, die Farben waren aber ungefähr gleich, nur nicht so intensiv. Wusste nicht, dass das bei Katzen anders ist.

»Ich kenne so ein Haus«. Bisher war Ben still, freut sich aber jetzt, dass er auch etwas beitragen kann. »Das ist gar nicht so weit weg, in der Nähe des Pubs *Zum Ertrunkenen Mann*. In der Straße sind alle Häuser recht bunt. Gerüchten zufolge, weil dann die Betrunkenen leichter nach Hause finden.«

Bethany kichert. »Ich war noch nie im *Ertrunkenen Mann*, wird also höchste Zeit für einen Besuch. Wie wär's mit einem schönen Abend für uns alle dort?«

ACHT

Es ist ein komisches Gefühl, mit so vielen Leuten auf einmal zusammen zu sein. Griffon, Lennox, Beth, Benjamin und Lily gehen auf dem Weg zum Pub an meiner Seite. Obwohl ich noch nicht sicher bin, dass wir da tatsächlich reingehen werden. Zuerst müssen wir das blaue Haus ausfindig machen.

Ryker ist zu seinen Katzen gegangen und hat den kleinen Pumpkin mitgenommen. Ich glaube, er braucht noch etwas Zeit, um mit der Ungewissheit klar zu kommen, ob Pumpkin irgendwann in der Lage sein wird, sich zu wandeln. Ich hätte ihm eine definitivere Antwort gewünscht. Nichtwissen ist immer schlimmer als Wissen.

Es ist ein Arbeitstag, aber die Straßen sind voller Menschen auf ihrem Weg zu abendlichen Vergnügungen. Wir sind auf dem Weg in einen etwas anrüchigen Stadtteil. Prostituierte lehnen an den Häuserwänden, äußerst leicht bekleidet und lüstern angestarrt von vorbeiziehenden Männern. Betrunkene kreuzen die Straße in Schlangenlinien und können sich kaum noch aufrecht halten. Die Sonne ist noch nicht mal untergegangen, und sie sind schon sternhagelvoll.

Ich mag Alkohol nicht wirklich. Da verliert man die Kontrolle über seinen Verstand, und das ist so ziemlich das Schlimmste, was einem Auftragskiller passieren kann.

Lennox hakt mich unter und überrascht mich damit total. Das ist eine sehr intime Geste der Nähe. Nicht mit mir kompatibel. Ich gehe mit keinem Mann händchenhaltend oder untergehakt durch die Straßen.

Während ich noch überlege, wie ich ihm auf die sanfte Tour beibringe, dass ich das nicht mag, nimmt Griffon meinen anderen Arm. Ich bin gefangen zwischen zwei Männern. Als ob sie das so geplant hätten.

Lily pfeift anzüglich hinter uns her. So ein Aas! Jede Wette, dass sie sich köstlich amüsiert. Sie weiß genau, wie ich Gefühlsduselei mit Anfassen hasse.

Wenn die beiden andere Männer wären, würde ich sie meine Klingen spüren lassen, aber in diesem Fall kann ich das nicht. Sie sind einfach zu wertvoll für mich. Ich brauche sie noch zur Rettung meiner Geschwister und für den entscheidenden Kampf mit der Meute. Sonst nichts. Das ist der einzige Grund. Dass mein Herz bei ihrer Berührung schneller schlägt, ist nur eine Randerscheinung.

»Wenn wir hier fertig sind, könnten wir doch

irgendwo in ein nettes Restaurant zum Essen gehen«, murmelt Griffon, gerade so laut, dass nur Lennox und ich es hören können.

»Schlägst du da gerade ein Date vor?« Lennox klingt aufgeregt bei dem Gedanken. »Mit uns beiden?«

Griffon zuckt mit den Schultern. »Du bist da, ich bin da, wir beide wollen sie, Kat will uns, also ja, sollten wir so machen.«

Ich bleibe wie angewurzelt stehen, bringe sie zum Stolpern. »Eh, wartet mal. Was habt ihr da gerade gesagt?«

Bethany lacht, als sie mit den beiden anderen M.I.A.U. Angestellten um uns herum läuft. »Bis später im Pub«.

Sie und Lily kichern, und ich würde ihnen zu gern etwas hinterherwerfen.

»Sie hat nicht nein gesagt«, bemerkt Griffon. »Du schuldest mir also nen Fünfer«.

Diesmal stoße ich sie von mir weg und mache einen Schritt zurück; die Hände in die Hüften gestemmt starre ich sie nieder.

»Ihr habt gewettet?«, frage ich und kann so viel Unverfrorenheit kaum glauben.

Lennox lächelt schuldbewusst. »Ist einfach so passiert. Wir haben uns darüber unterhalten, wie wir das Thema mit dir besprechen könnten. Ich dachte, du würdest sofort protestieren und wir müssten da etwas vorsichtiger rangehen.«

»Ihr habt also darüber gesprochen«, stottere ich,

und Herz und Hirn liegen gerade im Clinch miteinander.

»Ich habe ihn auf dir gerochen«, gibt Lennox zu. »Deshalb habe ich ihn zur Rede gestellt. Ich musste mir Klarheit über seine Absichten verschaffen.«

»Und das sind nur die besten«, wirft Griffon ein.

»Ja, ich bin überzeugt davon, dass er nicht dein Herz brechen will. Und ich auch nicht. Also, glaubst du, du kannst mit uns beiden klarkommen?«

»Nicht auf einmal«, fügt Griffon schnell hinzu.

Lennox feixt. »Es sei denn, du willst das«.

Ich hebe die Hände, meine Gedanken wirbeln durcheinander. Bilde ich mir das alles ein? Ist das eine weitere Nebenwirkung dieser Rolligkeit?

»Wie kommt ihr plötzlich darauf?«

Lennox Lächeln wird etwas dünner. »Ich dachte, ich hätte dir gezeigt, dass ich dich will. Nicht nur mein Wolf. Ich auch. Und ich verstehe, dass das ziemlich überwältigend ist, und wenn du mehr Zeit brauchst, geht das klar. Ich wollte nur schon mal einen Anspruch anmelden, bevor das die beiden anderen tun.«

Instinktiv ziehe ich meine beiden Messer und ziele mit deren Spitzen auf ihre Kehlen.

»Ich gehöre niemandem. Keiner von euch hat Anspruch auf mich. Ich gehöre nur mir, und das solltet ihr schnellstens kapieren.«

Griffon blinzelt mich mit diesen wunderbar grünen, gefühlvollen Augen an, die so schwer einzuschätzen sind. »Die Ansprüche kannst auch du erheben, wenn du willst«, sagt er heiser. »Du übernimmst die Führung.«

Lennox starrt mich einen Moment lang an, dann beugt er den Kopf. »Du hast die Führung.«

Ich weiß nicht, was ich sagen soll. Oder tun. Die alte Kat wäre weggerannt. Wahrscheinlich, nachdem sie die beiden vergiftet und ihnen ein paar Stunden beim Sterben zugeschaut hätte.

Kat-in-Hitze dagegen will sie haben. Nicht vergiftet, sondern lebendig und potent. Mit mir zusammen.

Ich schaue sie beide an. Griffon, wie immer schwarz gekleidet, mit seinem vernarbten Gesicht und den grasgrünen Augen. Lennox, breitschultriger und größer als der andere, mit Haar so schwarz wie Griffons Kleidung und himmelblauen Augen, die zu strahlen scheinen, wenn er mich anschaut. Das sind zwei wunderbare Exemplare männlicher Wesen, und der Gedanke, dass ich sie beide haben kann, lässt mich zittern. Aber da ist noch eine nicht zu unterdrückende Stimme in meinem Kopf, die der Gier, die mich daran erinnert, dass da ja noch ein anderer ist, Ryker. Wenn ich ihr Angebot annähme und mit ihnen ein Date hätte, würde das dem Katzenwandler gegenüber nicht unfair sein? Mit dem möchte ich schließlich auch zusammen sein. Ja, das ist die reine Gier, aber mein derzeitiger hormoneller Zustand macht keine Zugeständnisse.

Ich atme tief durch. »Ich werde heute auf kein Date mit euch gehen.«

Ich beobachte sie genau und sehe Enttäuschung auf

beiden Gesichtern. Die meinen es also wirklich ernst. Sie wollen mich. Gut zu wissen.

»Weil Ryker nicht hier ist. Sprecht mit ihm, nehmt ihn in euren komischen Männer-Gesprächskreis auf, und dann versucht's noch einmal.«

Lennox lacht erleichtert auf. »Ich habe mir über ihn schon Gedanken gemacht, wollte aber nicht gleich zu dritt aufkreuzen, bevor du nicht wenigstens uns beide akzeptiert hast.«

Griffon scheint darüber nicht so glücklich zu sein wie der Wolf.

»Griffon?«, frage ich sanft. »Bist zu damit einverstanden?«

Er nickt. »Ja, ich wusste nur nicht... Ja, geht klar. Wir werden mit ihm reden. Wir –»

Ein Schrei unterbricht ihn.

Ich wechsle einen Blick mit den Jungs, dann rennen wir in die Richtung, aus der der Schrei gekommen ist, zum Pub, wohin die anderen schon vorausgegangen waren.

Lily liegt am Boden und hält sich den Arm. Ihr Kleid ist blutbefleckt, aber es scheint nicht ihr eigenes Blut zu sein. Bethany steht vor ihr, ein Messer kampfbereit in der Hand haltend und wird jeden angreifen, der ihr zu nahe kommt. Benjamin ist nirgends zu sehen.

»Was ist passiert?«, rufe ich, sobald ich in Hörweite bin.

»Ein Kerl hat sie angegriffen. Ben ist hinter ihm her.« Beth zeigt auf die enge Gasse auf der rechten Seite.

»Lily, bist du OK?«

Sie nickt, aber ihrem Gesichtsausdruck nach zu urteilen, hat sie ziemlich große Schmerzen. »Geh schon, mach dir keine Gedanken.«

Ich würde mich zwar gern vergewissern, dass es ihr wirklich gut geht, weiß aber, dass sie recht hat. Ich gebe Lily eines meiner Messer für den Fall, dass der Angreifer zurückkehrt.

»Bethany, bleib bei ihr. Griffon, Lennox, ihr kommt mit mir.«

Ich renne in die dunkle Gasse, konzentriere mich auf meine Katzensinne und folge Benjamins Duftspur. Die Straße verengt sich zunehmend, je weiter wir laufen. Die Häuser hier sind alt, eher Schuppen als Steingebilde, und wohl größtenteils unbewohnt. Ein gutes Versteck.

Benjamin hat eine gut wahrnehmbare Spur hinterlassen, leicht zu verfolgen. Der Geruch ist zunehmend von Schweiß geprägt; sogar Menschen müssten ihn mittlerweile riechen können.

Wir biegen um eine Ecke, und da steht er, keuchend, und sieht eine glatte Hauswand hinauf.

»Da ist er hochgeklettert«, ruft er atemlos. »Ich konnte ihm nicht folgen.«

»Geh zurück zu den anderen«, rufe ich im Laufen. Ohne anzuhalten springe ich nach oben und beginne mit der Kletterpartie. Ich finde Halt, wo andere ausrutschen und fallen würden. Griffon überholt mich, er klettert so schnell und leichtfüßig wie eine Spinne. Bin beeindruckt. Lennox bleibt am Boden und damit unserer Vorgehensweise treu, die wir in der Meute angewendet haben. Ich übernehme die Verfolgung auf den Dächern, er bleibt auf den Straßen und schneidet den Zielpersonen den Weg ab.

An der Hauswand nehme ich einen schwachen Geruch wahr, der auf die Identität des Verfolgten hinweist. Es ist ein Mensch, männlich, über die Lebensmitte hinaus. Da schwingt nicht mehr so viel Testosteron mit wie bei jungen Männern.

Ich erreiche den Rand des Daches und ziehe mich hoch, bis ich mich auf den unebenen Dachziegeln niederkauern kann. Moos wächst in den Fugen, hier oben war lange niemand. So fallen die Fußabdrücke des Mannes umso mehr auf, auch wenn ich die gar nicht nötig hätte; sein Geruch wird stärker. Seine Füße sind riesig, ob er tatsächlich so gigantisch groß ist? Könnte aber auch nur jemand mit zu groß geratenen Füßen sein.

Griffon springt inzwischen schon von diesem Dach aufs nächste und landet dort mit einer eleganten Rolle vorwärts, die mich fast neidisch werden lässt. Die Art wie er elegant auf die Füße kommt und ohne Pause gleich weiterläuft ist einfach nur schön. In weiterer Ferne, mindestens zwanzig Häuser weg von uns, sehe ich eine dunkle Gestalt. Das muss unsere Zielperson sein.

Mir juckt es in den Fingerspitzen, fast brechen meine Krallen hervor. Meine Beute. Ich bin mit meinen Gefährten auf der Jagd. Was für ein toller Gedanke!

Ein Miau kommt mir über die Lippen, und ich erhöhe meine Geschwindigkeit, fliege beinahe von Dach zu Dach und finde immer sicheren Halt, obwohl die Ziegel rutschig sind. Ich bin in meinem Element.

Als ich endlich zu Griffon aufschließe, trennen uns von dem Mann nur noch circa fünf Dächer. Kein Problem.

Lennox rennt unten die Straße entlang, ist aber ein paar Häuser hinterher; der Verlauf der Gasse lässt es wahrscheinlich nicht zu, dass er uns in gerader Linie folgen kann. Egal, wir sind jedenfalls schneller als unser Opfer, und zusammen mit Griffon kann ich ihn auf jeden Fall überwältigen. Große Füße hin oder her.

»Das macht echt Spaß«, ruft Griffon, noch kaum außer Atem.

Ich grinse ihn an. Er hat recht, das ist richtig erfrischend und befreiend. Klar ist es einerseits schrecklich, dass Lily verletzt wurde, aber so mit Griffon über die Dächer zu laufen ist einfach berauschend. Ich will, dass es nie aufhört.

»Stopp!« rufe ich, als wir nur noch ein Dach von unserer Zielperson entfernt sind. Er dreht sich halb um, setzt den Fuß nicht richtig auf, und wie in Zeitlupe stolpert er, fällt und gleitet dann die Dachziegel hinunter, hält sich einen Moment lang an der Dachrinne fest, die dem aber nicht lange standhält, und zusammen mit ihr fällt er hinunter.

»Verdammt«, flucht Griffon und springt auf das

Dach hinüber. Ich folge ihm und schaue die Wand hinunter. Der Mann liegt auf dem Boden, seine Beine sind in unnatürlichem Winkel abgespreizt. Aber er lebt; ich kann seine Schmerzen und die Furcht riechen.

Ich könnte mir Zeit lassen und die Mauer hinunterklettern, aber wer weiß, wie lange der Kerl noch am Leben ist. Ich brauche Antworten.

Ich vertraue auf die Stärken meines inneren Panthers und springe. Katzen landen schließlich immer auf allen vieren. Wir verletzen uns nicht beim Fallen. Das ist bei Katzen einfach so, wir sind die perfekten Sprung- und Kletter-Maschinen.

Ich wische mir den Dreck von den Händen und stakse dann auf den Mann zu. Er stöhnt vor Schmerzen. Das Raubtier in mir liebt dieses Geräusch. Ich will, dass er wimmert, um Gnade winselt. Er hat meine Freundin verletzt. Dafür soll er leiden.

Ich kauere mich neben seinem Kopf nieder. Er sieht mir direkt in die Augen. Seine sind blutunterlaufen, und Blut läuft auch als kleines Rinnsal aus seiner Nase. Vielleicht hat er eine Kopfverletzung davongetragen. Ich muss mich beeilen.

»Warum hast du das Mädchen verletzt«, knurre ich.

Er reißt die Augen auf, verzieht dann aber den Mund zu einem hässlichen Grinsen.

»Sie war hübsch«, röchelt er.

Ich spüre, dass Griffon und Lennox hinter mir stehen, aber sie kommen nicht näher, lassen mir den nötigen Raum, um mit diesem Mistkerl fertig zu werden. Da ich seiner Redebereitschaft anscheinend etwas nachhelfen muss, ziehe ich eines meiner Messer und drücke es ihm an die Kehle. Sein Grinsen verschwindet. Gut so.

»Warum?«, wiederhole ich.

»Hab ich doch schon gesagt. Ich mach gern hübsche Sachen kaputt.«

Ich starre ihn an. Gibt's so was in echt?

»Sie war mit zwei anderen Leuten zusammen. Ich glaub nicht, dass du sie nur angegriffen hast, weil sie hübsch aussah.«

Er hustet und spuckt dabei ein paar Blutstropfen aus. Der hat nicht mehr lange. Ich kann das in ihm sich sammelnde Blut riechen. Er hat innere Verletzungen, und zusammen mit der Kopfverletzung hat er wohl keine Chance mehr – und ich keine, ihn selbst umzubringen. Die Natur wird ihren Lauf nehmen.

»Sie hat mich angelächelt«, stöhnt er. »Sie wollte, dass ich sie verletze.«

»Was zum Teufel redest du da?«

»Sie wollte das. Sie hat's schön gefunden.«

Also der muss völlig bekloppt sein. Total abgedreht. Den wird keiner vermissen. Lilys Arm zu brechen, nur weil die ihn angelächelt hat!

»Der lügt«, sagt Griffon von hinten. Er kommt an meine Seite, und sofort umhüllt sein moschusartiger Geruch meine Sinne. Nein, nicht jetzt. Konzentrier dich, Kat. Nicht auf diesen aufreizenden Geruch, sondern den sterbenden Mann vor deinen Füßen.

»Darf ich?«

Ich nicke. Vielleicht kann Griffon den Mann mit seinen Sirenen-Fähigkeiten zum Sprechen bringen.

Griffon kniet sich neben den Mann und legt eine Hand auf dessen blutige Stirn. »Sag mir die Wahrheit«, befiehlt er scharf. Seine Augen werden dunkel, wie Wolken, die über eine Wiese ziehen. Sturmwolken mit Wut und Zerstörung im Gepäck.

Der Mann vor ihm erzittert. Er scheint sich gegen Griffons Kräfte wehren zu wollen, aber dann werden seine Augen glasig und sein Gesicht ausdruckslos.

»Sollte euch in zwei Gruppen spalten. Die anderen werden sich jetzt schon um eure Freunde gekümmert haben. Hatte den Befehl, sie zu entführen oder sie gleich umzubringen, wenn sie Ärger machen. So schade, dass ich mich mit der Kleinen nicht vergnügen konnte. Sie ist hübsch.«

Seine Augenlider flattern, und ich weiß schon, dass er tot ist, noch bevor ich seinen Puls fühlen kann.

Verdammt.

Ich springe auf und schiebe mein Messer zurück in die Scheide. »Wir müssen die anderen finden.«

Diesmal halte ich die Katze in mir nicht zurück. Ich wandle mich in einer einzigen flüssigen Bewegung und bin selbst erstaunt, wie leicht sich das anfühlt. Wahrscheinlich ist das wegen der Angst um meine Freunde.

Ich laufe los und hoffe, dass es noch nicht zu spät ist.

NEUN

Sie sind nicht mehr da, wo wir sie zurückgelassen haben. Lennox ist an meiner Seite und beschnüffelt den Boden, alle seine Wolfssinne aufs äußerste gespannt. Griffon ist noch nicht da; nach unserer Wandlung waren wir schneller als er.

Ich schaue mich prüfend um. Es sind keine Leute mehr da. Die Straße war bei unserer Ankunft ziemlich voll, liegt aber jetzt verlassen da. Da ist etwas Schlimmes passiert. Ich kann's förmlich riechen.

Ich konzentriere mich auf Lilys Geruch, weil ich den am besten kenne. Der ist am stärksten an dem Ort, wo sie vorhin gesessen hat und ihren Arm hielt. Ich hätte sie nicht allein lassen sollen. Benjamin ist überall zu riechen; er muss zurückgekommen sein, während wir den Verbrecher gejagt haben. Haben die alle drei mitgenommen? Oder haben sie sie aufgeteilt? Sind sie noch am Leben?

Ich schiebe diese Gedanken beiseite und konzentriere mich ganz auf meine Jagdinstinkte. Ich stelle sie mir als Beutetiere vor, was mein Sehen sofort verändert. Die mich umgebenden Duftspuren werden zu farbigen Linien und Formen; und diejenigen, die ich erkenne, sind hell leuchtende Seile. Sie sind ineinander verschlungen, und ich atme erleichtert auf. Sie wurden gemeinsam entführt. Andere Linien umgeben sie, stärker ausgeprägt als die von bloßen Passanten. Das müssen die Entführer sein. Sechs an der Zahl. Zwei für jeden meiner M.I.A.U. Mitarbeiter. Alle drei kommen gut alleine klar, sind aber nicht im Nahkampf geübt. Benjamin arbeitet am besten im Verborgenen, ist ein Meister im Stehlen und geht gelegentlich bei einem Mord zur Hand. Lily ist gut im Verführen und bringt die Leute dazu, Dinge auszusprechen, die sie eigentlich geheim halten wollen. Bethany ist Expertin für Gifte und ein bisschen Folter nicht abgeneigt. Aber bei einer Konfrontation mit bewaffneten Angreifern, noch dazu in Überzahl? Da bin ich mir nicht sicher, wie es ihnen ergangen ist. Lily hatte mein Messer und Bethany ihr eigenes, und ich bin sicher, dass Benjamin auch irgendeine Waffe hatte. Wir gehören schließlich zu M.I.A.U., da ist Bewaffnung selbstverständlich. Beth hat immer irgendwo ein paar Giftpfeile versteckt. Sie kann gut damit umgehen, fast so gut wie ich. Vielleicht haben sie sich entführen lassen, um herauszufinden, was die anderen vorhaben. Das ist zumindest meine Übung im positiven Denken...

Lennox winselt und kratzt auf dem Boden. Wenn

ich doch bloß mit ihm reden könnte, wenn er ein Wolf ist. Aber so bleiben uns nur Zeichensprache und unsere Schauspielkünste. Ich gehe hinüber zu dem Punkt, auf den er mit der Pfote zeigt. Ein Blutstropfen. Ich schnüffele daran. Keiner meiner Freunde. Gut. Das bedeutet also, dass sie einen der Angreifer verletzt haben, auch wenn das wohl keine ernsthafte Verletzung war, die hätte sonst stärker geblutet. Das hilft uns aber bei der Spurensuche. Ich atme tief ein und präge mir dabei diesen Geruch fest ein. Eine der uns umgebenden Linien wird dicker. Der werde ich folgen.

Lennox bellt und läuft in die Richtung des Geruchs, auf den ich mich auch konzentriere. Na schön. Soll er den Vortritt haben. Ich bin ja schließlich eine Dame und weiß, was sich gehört. Manchmal.

Ich gehe die Straße ein paar Meter weiter und beobachte, wie die Geruchsspuren sich verändern. An einer Kreuzung teilen sie sich in zwei Richtungen auf. Bethany und Lily wurden eine Gasse zu meiner Rechten hinunter geführt, Benjamin ist geradeaus weitergegangen. Warum wurde er von dreien der Angreifer begleitet? Der Junge ist ja nicht gerade muskelbepackt, kaum eine Bedrohung.

Die Stille gefällt mir gar nicht. Es ist überhaupt niemand auf der Straße. Das ist einerseits gut, weil dann keiner sieht, wie ein Wolf und ein Panther die Straße entlang hasten. Andererseits – wo sind die alle hin? Was ist mit den Betrunkenen und Nachtschwärmern geschehen? Der Pub Zum Ertrunkenen Mann ist gleich um die Ecke, da muss es doch Publikum geben.

Ich höre Griffons Keuchen noch bevor er da ist. Er ist schnell, kann aber mit uns Wandlern trotz seiner anderen Fähigkeiten nicht mithalten. Er kommt rutschend zum Stillstand und sieht sich um, sondiert die Umgebung.

»Wo sind die ganzen Leute?«, fragt er und spricht damit meine Gedanken aus.

Ich versuche, mit den Schultern zu zucken, bin mir aber nicht sicher, dass er diese Art von Körpersprache auch bei einem Panther erkennt. Meine Schultern sind schließlich nicht an der bei Menschen gewohnten Stelle. Jammerschade, dass Ryker nicht hier ist und dolmetschen kann.

»Hast du ihre Spur?«

Ich nicke und deute mit dem Kopf nach vorne, mit einer Pfote auf die Gasse.

»Wir sollten zusammenbleiben«, meint er und sieht in die dunkle Gasse hinein. Die ähnelt der, durch die wir Lilys Angreifer verfolgt haben.

Ich nicke und miaue Lennox zu. Er kommt zu uns getrottet, die Nase dicht am Boden haltend. Ich habe mich immer gefragt, ob Gerüche bei ihm auch Bilder entstehen lassen oder ob das nur bei mir so ist.

»Welcher sollen wir folgen?«, fragt Griffon.

Ich schnüffele. Der stärkere Geruch, der des Verletzten, biegt nach rechts ab. Ich deute mit der Pfote darauf und beginne zu gehen. Ich renne jetzt nicht, weil ich Kräfte sparen und mich ganz auf das Spurenlesen konzentrieren will.

Die anderen folgen in meinem Windschatten, wir

bilden eine Formation. Griffon hält Wache, damit wir keine unliebsamen Überraschungen erleben. Lennox schnüffelt ebenfalls nach Geruchsspuren und unterstützt mich, sollte ich die Spur einmal verlieren.

Unser Grüppchen ist sicher ein merkwürdiger Anblick. Eine menschlich aussehende Sirene, ein Wolf und ein Panther, die da durch die nächtlichen Straßen ziehen und Bösewichte jagen. Hört sich nach einem Märchen an. Oder einer Idee für so einen Superhelden-Film. Wobei wir bestimmt keine Helden sind. Die töten schließlich nicht zum Spaß. Sie leiten auch keine Agentur für Auftragsmorde. Und sie wollen sicher nicht mit drei Männern auf einmal ins Bett.

Je länger wir unterwegs sind, umso stärker wird der Geruch. Es kann noch nicht lange her sein, dass sie hier vorbei gekommen sind. Wir biegen um einige Ecken, laufen durch enge Gassen und durch Torbogen, die so aussehen, als könnten sie jeden Moment zusammenbrechen. Das ist jetzt definitiv eher Slum als Stadt. Klar bin ich schon mal hier gewesen, aber meine Zielpersonen wohnen normalerweise in den besseren Stadtvierteln; deshalb ist das schon eine Weile her. Und dann war es meistens, um Vorräte für die Herstellung von Giften zu kaufen oder potentielle Auftraggeber zu treffen. Irgendwie denken die immer, ich bevorzuge dafür diese Art von Orten, obwohl ich das lieber in ihren Häusern oder Büros erledigen würde. Da bekomme ich einen besseren Eindruck, wer sie wirklich sind und wie viel ich ihnen berechnen kann.

»Wartet mal, ich kenne diese Straße«, murmelt

Griffon. »Hier wohnt einer meiner früheren Auftraggeber. Vielleicht trifft er hier aber auch nur Leute wie mich, kann mir nicht vorstellen, dass er in so einem Drecksloch wohnt.«

Da meine Kommunikationsmöglichkeiten nicht für eine Antwort oder eine Frage ausreichen, gebe ich ein ermutigendes Miau von mir.

»Er hat ein ganzes Netzwerk von Dieben und Halunken. Nur Menschen. Er nennt sich *die Spinne* und seine Leute sind *das Netz*. Er dachte natürlich, ich sei ein reiner Mensch, sonst hätte er nie mit mir zusammengearbeitet. Er ist der Meinung, es gäbe viel zu viele Gestaltwandler in diesem Geschäft und Menschen sollten in der kriminellen Unterwelt das Sagen haben.« Er schnaubt. »Als ob die stark genug wären! Ich hab ihn dazu gebracht, mir die dreifache Summe der eigentlich vereinbarten Rate zu zahlen, und er hat's noch nicht mal gemerkt.«

Was die Frage aufwirft, ob er hinter der Entführung meiner Freunde steckt. Vielleicht fühlt er sich und seine Organisation durch M.I.A.U., eine übernatürliche Killeragentur, bedroht? Das erscheint mir dann aber doch ein bisschen weit hergeholt und für diesen Unterweltboss zu anspruchsvoll in Planung und Durchführung. Dafür zu sorgen, dass wir uns aufteilen müssen, überhaupt zu wissen, dass wir hier sein würden – jemand musste uns dafür von unserem Hauptquartier bis hierher verfolgen, und das bedeutet, die sind gut, wirklich gut. Keiner von uns hat etwas bemerkt, wobei ich zugeben muss, dass ich durch meine Kerle reichlich abgelenkt war. Diese Kat-ist-rollig-Geschichte macht mich inzwischen untauglich für meinen Job. Ich habe bisher immer bemerkt, wenn ich beschattet wurde. Ich schnaube frustriert über meine eigene Inkompetenz. Ich muss mich konzentrieren.

Weiter geht's, immer der stärker werdenden Geruchsspur hinterher. Sie verschwindet unter einer niedrigen Tür hindurch in einem äußerst baufälligen Gebäude. Ein paar Ziegelsteine sind schon aus den Wänden gebrochen und liegen am Boden, zusammen mit zerborstenen Dachziegeln. Der nächste Sturm wird diesem Haus wohl den Rest geben.

Lennox hält die Nase in die Luft und knurrt leise. Er muss dasselbe riechen wie ich. Etliche Männer ganz in der Nähe, voller Testosteron. Nicht nur die drei, deren Spur wir bis hierher gefolgt sind, sondern einige mehr, mindestens fünf weitere. Ich hoffe nur, sie haben die Finger von Lily und Bethany gelassen.

Wir müssen jetzt schnell sein. Dies könnte eine Falle sein – ich korrigiere, dies *ist* eine Falle. Aber ich habe keine Wahl. Meine Freunde sind in Gefahr. Wir müssen sie da rausholen und uns dann um Benjamin kümmern. Der hat hoffentlich Verständnis dafür, dass wir zuerst die beiden Frauen befreien wollten. Das hat nichts mit schwachem Geschlecht oder so zu tun; die Geruchsspur ihrer Angreifer war einfach stärker und außerdem haben wir auf diese Weise gleich zwei Verbündete mehr, die uns weiterhelfen können.

Eigentlich will ich weiter in meiner Panthergestalt bleiben, aber ich bin zu groß, um unbemerkt in diesem kleinen, einsturzgefährdeten Gebäude agieren zu können. Da könnte ich mehr Schaden als Nutzen anrichten.

Ich atme tief ein und bereite mich mental auf den schmerzhaften Prozess vor, beginne dann die Wandlung. Zu meiner Überraschung tut es gar nicht weh. Was zum Teufel ist da los? Das war noch nie so schmerzlos und einfach. Noch nie. Hat das mit meinen Hormonen zu tun? Oder hat meine Nahtod-Erfahrung etwas verändert? Dies ist schließlich das erste Mal, dass ich mich seitdem gewandelt habe. Davor hatte ich einfach Angst, besonders, seit ich auch in meiner menschlichen Gestalt nur miauen konnte. Ich wollte nicht dauerhaft als Hybridwesen herumlaufen.

Lennox wirft mir einen fragenden Blick zu. Seine blauen Augen glühen in der Dunkelheit.

»Du bleibst erst mal ein Wolf«, flüstere ich. »Griffon und ich werden die Erkundungen machen und dann zuerst reingehen; du kannst folgen und dann um dich beißen.«

Lennox bleckt zustimmend die Zähne.

Ich ziehe meine Messer, einmal mehr froh über diesen speziellen Wandler-Zauber, der es mir erlaubt, meine Kleidung und Waffen zu behalten, und gehe durch die schmale Tür. Ich lehne mich dagegen und lausche auf Geräusche aus dem Innern. Nichts.

»Ich seh mir das mal von oben an«, flüstert Griffon und klettert behände die gegenüberliegende Mauer empor. Ich sehe ihm nach, wie er geschmeidig zum Dach hoch steigt, als sei dies ein Spaziergang im Park.

Oben angekommen sieht er sich um und sucht die Gegend ab.

Lennox schnüffelt durch das Haus, seine Ohren zucken, während er nach allem lauscht, was für uns hilfreich sein könnte.

Griffon deutet auf eine Stelle hinter dem Haus, das wir beobachten. Seine Lippen bewegen sich, allein meine Katzensinne machen es möglich, ihn zu verstehen. »Ihr Versteck ist da hinten. Ihr müsst durch das alte Gebäude durch, dann kommt ihr in das andere, in dem sie euch erwarten.«

Ich lache leise in mich hinein. So blöd müsste ich mal sein, einfach durch diese Tür zu laufen. Da ist doch bestimmt eine Falle auf der anderen Seite. Nein, ich werde auch die obere Route wählen. Das Dach des verfallenen Hauses sieht nicht stabil genug aus, deshalb klettere ich die Wand zum Nachbargebäude hoch, das zwei Stockwerke höher ist und hoffentlich in besserem Zustand.

Lennox heult leise von unten.

»Hol am besten ein paar Katzen aus der Nachbarschaft«, flüstere ich und weiß, dass er mich trotz der Entfernung hören kann. »Wäre gut, Ryker zur Unterstützung hier zu haben.«

Er nickt, wackelt mit dem Schwanz und rennt davon. Ich hätte auch selber nach Katzen suchen können, bin aber jetzt schon auf dem Dach und will, dass Lennox erst mal noch ein Wolf bleibt. Das könnte sich in dem bevorstehenden Kampf als nützlich erweisen.

Ich hasse diese Ungewissheit. Normalerweise würde ich so ein Haus stundenlang beobachten, erkunden, wer ein und aus geht, mögliche Fluchtwege auskundschaften und wo die Schwächen liegen. In diesem Fall muss Schnelligkeit vor Sicherheit gehen.

Meine Katzensinne sagen mir, dass Bethany und Lily in dem hohen Gebäude hinter dem einsturzgefährdeten kleineren sind. Der einzige Zugang ist durch diese Tür oder von oben. Langsam arbeite ich mich über das Dach nach vorne und sehe einen kleinen, schmutzigen Hof dort unten. Er ist leer abgesehen von einigen weißen Plastiksäcken in einer Ecke. Was da wohl drin ist? Nur Müll wäre enttäuschend. Körperteile würden die Sache spannender machen.

Griffon ist derweil auf meine Straßenseite herübergesprungen und kauert jetzt neben mir. Sein Geruch steigt mir in die Nase und ich atme tief ein. Das lenkt mich ja überhaupt nicht ab.

»Kannst du feststellen, wie viele es sind?«, flüstert er.

Ich schüttele den Kopf. »Ich bin nicht dicht genug dran, und außerdem verhalten sie sich äußerst still.« *Und du lenkst mich ab.* Was ich natürlich nicht laut sage. Er muss nicht wissen, welche Wirkung er auf mich hat. Die Sache mit der Rolligkeit wird immer schlimmer. Ich hocke hier auf einem Dach, zwei meiner Freunde sind entführt worden, und alles woran ich denken kann, ist Griffons betörender Duft und wie ich ihn am liebsten hier und jetzt flachlegen würde. Das kann nicht so weitergehen, ist geschäftsschädigend.

»Aber Lily und Bethany sind da drin?«

»Ja, die Spur führte durch die Tür und in das kleine Haus. Sie war so stark, dass ich denke, sie können nicht weit sein, wahrscheinlich in diesem Gebäude oder in der Nähe davon.« Ich drehe mich zu ihm um, auch wenn der Blick auf sein vernarbtes, schönes Gesicht den Drang in mir nur noch verstärkt.

»Wie viele Leute kannst du auf einmal manipulieren?«

»Ohne Gesang höchstens zwei, kommt drauf an, wie willensstark die sind. Sirenen können mehr als zwei Leute kontrollieren, wenn sie sie kennen und ständig unter ihrer Herrschaft haben. Dann sind sie dafür empfänglicher. Mein Vater hatte zwanzig Männer, die er nach Belieben steuern konnte. Mir fehlt da etwas die Übung.«

»Was passiert, wenn du singst?«

Ich denke zurück an sein Lied bei ihm in der Wohnung, wie seine Musik im wahrsten Sinne des Wortes meinen Körper berührt hat... Bezweifle allerdings, dass er den Entführern einen Orgasmus verschaffen wird. Wobei – das könnte sie ausreichend von uns ablenken, während wir die beiden Frauen befreien.

»Ich kann durch mein Lied keinen bestimmten Befehl erteilen, nur ein Gefühl vermitteln. Und ich habe keine Kontrolle darüber, wer wie reagiert; ihr wärt also auch betroffen. Du wahrscheinlich am wenigsten von allen, bei Lily bin ich mir auch nicht sicher, aber Bethany ist ein Mensch und wird meinem Lied nachgeben, was eine Rettung erschweren wird. Wenn sich's vermeiden lässt, würde ich lieber nicht singen, nur im äußersten Notfall.«

Ich nicke. »Kannst du jede Art von Gefühl hervorrufen?«

»Es funktioniert am besten, wenn es der Situation angemessen ist. In diesem Fall würde ich Furcht wählen, sonst hat etwas Positives mehr Erfolg.«

Mir schnürt sich leicht die Kehle zusammen. *Etwas Positives*. Wie in mir bedingungslose Leidenschaft zu wecken. Mich um den Verstand zu bringen. Hoffentlich lässt er mich noch einmal seine Talente spüren, wenn wir alleine sind. Aber nicht hier auf dem Dach.

Er räuspert sich, und die Erregung in seinem Blick zeigt mir, dass er dasselbe gedacht hat.

»Und nun?«

Das Raubtier in mir tritt an die Oberfläche, und ich starre hinunter auf das Haus, in dem meine Freunde festgehalten werden.

»Jetzt töten wir.«

ZEHN

Griffon springt hinunter in den Innenhof und landet dort elegant in der Hocke. Er hält in der einen Hand sein Krummschwert, in der anderen einen Dolch. Ich kenne sonst niemanden, der mit einem solchen Schwert kämpft, aber Griffon sagt, es komme seiner Kampfweise am meisten entgegen. Jedem das Seine. Ich streichle die Griffe meiner Dolche. Ich kann förmlich spüren, wie sie nach Blut lechzen.

Er sieht mich an, und ich nicke kurz. Es ist Zeit, unseren Angriff zu beginnen. Ich gehe ein paar Schritte zurück und lasse meine innere Panther-Stärke in meine Muskeln fließen. Dann nehme ich Anlauf zum Rand des Dachs. Und springe.

Ich fliege über den Hof, aber das gegenüberliegende Dach ist zu weit weg, auch mit der mir zur Verfügung stehenden zusätzlichen Kraft. Ich strecke mich auf halbem Weg weit nach vorn, fahre meine Krallen aus und bekomme gerade so den Rand des Dachs zu fassen; meine Beine baumeln in der Luft, meine Krallen sind halb in den Ziegeln vergraben. Stöhnend hieve ich mich aufs Dach. Ich glaube, ich hab mir eine Kralle abgebrochen. Na gut. Ich wandle die Krallen zurück in Fingernägel und sehe nur auf einem einen Blutstropfen, nicht der Rede wert.

Die Tür zum Hof öffnet sich quietschend, und zwei Männer kommen heraus. Die Laute, die sie von sich geben, ähneln eher einem Grunzen. Dick und schwer wie Bullen – und wahrscheinlich nicht intelligenter.

Griffon mäht den einen nieder, bevor er Zeit hat zu reagieren, aber dem Zweiten gelingt es noch, um Hilfe zu rufen, bevor das Krummschwert seinen Kopf vom Körper trennt. Oben auf dem Dach kann ich jetzt feststellen, wer alles in dem Haus ist. Acht Männer, zwei Frauen, ohne die beiden Toten. Scheint machbar.

Die Geruchsspuren der beiden Frauen und eines Mannes sind etwas weiter entfernt und leicht gedämpft. Wahrscheinlich ein Keller. Gut, das bedeutet, sie können die Frauen nicht so schnell aus dem Haus schaffen. Es sei denn, da unten gibt es einen Tunnel. Erinnert mich an den Kindler-Fall. Wie ich diese unterirdischen Gänge hasse!

Während Griffon auf Verstärkung wartet und seine Rolle als Ablenkung spielt, renne ich zur anderen Seite des Dachs, wo ein staubiges Dachfenster auf mich wartet. Ich muss jetzt nicht mehr vorsichtig und möglichst lautlos sein, schlage also mit dem Griff meines Dolches das Glas ein. Es bricht und lässt die Scherben auf den Dachboden regnen.

Meine trainierten Sinne sagen mir, dass sich niemand in diesem dunklen Raum befindet, also lasse ich mich hinunter und weiche dabei möglichst den Glasscherben aus. Genau aus diesem Grund haben meine Lederstiefel auch so dicke Sohlen. Man braucht sie öfter als gedacht.

Eine enge, steile Treppe führt hinunter in den ersten Stock. So eine könnte ich auch bei mir einbauen lassen, aber eigentlich mag ich meine Auszieh-Klappe. Die verhindert, dass zu viele Leute mich belästigen.

Die Kampfgeräusche treiben mich voran. Griffon müsste das schaffen, aber Trödeln ist trotzdem nicht angesagt. Lennox wird hoffentlich bald zu ihm stoßen. Das erste Stockwerk ist genauso leer wie der Dachboden. Anscheinend versucht gerade jeder, in den Hof oder in den Keller zu kommen.

Ich schleiche die Treppe hinunter. Am Ende eines kurzen Flurs, der, dem Geruch nach zu urteilen, in eine schmutzige Küche führt, steht ein Mann, mit dem Rücken zu mir. Sehr schön. Ein Opfer, das es mir leicht macht. Ich überlege noch, ob ich einen Giftpfeil verwenden soll – nein, mir ist nach Blut. Mein innerer Panther will einen Kampf.

Der Dolch springt mir förmlich in die Hand, und ich werfe ihn mit einer einzigen fließenden Bewegung. Er gräbt sich in den Nacken des Mannes und durchtrennt dort das Rückenmark. Er bricht mit einem dumpfen Schlag zusammen, kann nicht einmal mehr schreien. Ich laufe zu ihm, ziehe mein Messer aus seinem gekrümmten Körper und, weil ich gerade guter Stimmung bin, schneide ich ihm die Kehle durch, statt ihn ersticken zu lassen. Ich weiß, manchmal bin ich einfach zu nett.

Jetzt verlasse ich mich wieder auf meinen Geruchssinn und folge Lilys Spur zurück den Flur entlang bis zu einem Bücherschrank. Echt jetzt? Wie wenig originell! Ich ziehe das Buch heraus, das den stärksten Geruch verströmt, und das Regal löst sich von der Wand und gibt die dahinter liegende Tür frei. Wie gesagt, nicht gerade originell.

Der Gang hinter der Tür führt in einen dunklen, feucht riechenden Keller. Ich kann die Frauen jetzt deutlich riechen. Nur eine Wache ist bei ihnen. Dachten die, wir würden unsere Freunde ohne Kampf aufgeben?

Der Aufpasser stinkt nach Testosteron, Schweiß und noch etwas, das mir vertraut und gleichzeitig fremd vorkommt. Ich biege noch um zwei Ecken, bis sein Geruch so stark ist, dass er ganz in der Nähe sein muss. Ich bereite geräuschlos meine Messer vor. Diesmal könnte ich doch ein wenig mit ihm spielen. Der andere war zu schnell tot, das hat keinen Spaß gemacht. Blutvergießen gehört irgendwie dazu, um das Ganze zu einem befriedigenden Erlebnis zu machen.

Das wäre doch noch was für meine Visitenkarten.

Katriona Feln, verschafft die eindrucksvollsten Todeserlebnisse. Entdecken Sie die einzig wahre Art zu sterben. Eine 5-Sterne-

Erfahrung, die Sie garantiert atemlos zurück lässt.

Irgendwie bin ich nicht bei der Sache. Wieso kann ich mich heute so schlecht konzentrieren? Erst Sex-Fantasien mit Griffon, und jetzt Marketing Ideen für mein Geschäft. Reiß dich am Riemen, Kat. Deine Freunde sind in Gefahr. Alles andere ist jetzt erst mal nicht wichtig.

Ich nehme mich zusammen und biege um eine Ecke; da steht ein Schrank von einem Mann. Er ist riesig, mit Schultern doppelt so breit wie meinen, Beinen wie Baumstämmen, das Gesicht hinter einem wild wuchernden Bart versteckt. Tattoos winden sich seine nackten Arme hoch und runter, die meisten von ihnen primitiv und schlecht ausgeführt. Aus seinen Augen sprüht nicht gerade Intelligenz. Er ist hier der Wachhund, Typ Schläger, niemand, der bei dieser Operation das Heft in der Hand hat. Gut, den kann ich also ohne Rücksicht umbringen. Denjenigen, der hier das Sagen hat, würde ich erst noch befragen wollen.

Er scheint nicht überrascht zu sein und nimmt eine Axt zur Hand, die gegen die Wand gelehnt war. Die ist fast so groß wie ich. Gegen sie können meine Dolche nicht viel ausrichten, also hilft nur Schnelligkeit. Bevor er die Axt richtig anheben kann, springe ich vor, die Messer auf seinen ausladenden Bauch gerichtet.

Für so einen massigen Menschen bewegt er sich erstaunlich schnell. Er blockt meinen Angriff mit dem einen Arm ab, während er mit dem anderen die Axt schwingt. Meine Messer gleiten an seinen ledernen Armschützern ab und hinterlassen dort tiefe Schnitte, die aber kaum die Haut ritzen. Ich verliere das Gleichgewicht, stolpere vorwärts, kann mich aber gerade noch rechtzeitig fangen und hinkauern, um so der Axt zu entgehen. Die Metallklinge rauscht über meinen Kopf, ein einzelnes Haar fällt langsam Richtung Boden. Das war knapp! Hätte nicht gedacht, dass der Kerl die Axt mit einer Hand schwingen kann. Der ist wirklich stark.

Wo ich nun schon mal in Bodennähe bin, nehme ich dort das nächstgelegene Ziel: seine Beine. An ihnen trägt er keinen Schutz, nur einfache Hosen, die groß genug sind, um als Mehlsäcke zu dienen. Ich ziehe ihm die Messer durch die Kniekehlen, was ihn sofort zu Fall bringt, allerdings nach vorne.

Mist. Hatte erwartet, dass er in die andere Richtung fällt, aber das Gewicht der Axt hat wohl die normalen physikalischen Gesetze außer Kraft gesetzt.

Ich rolle mich nach rechts weg, um nicht unter seinem massigen Körper begraben zu werden. Er grunzt, als er auf dem Boden aufkommt, lässt aber die Axt nicht los. Der ist noch nicht erledigt. Ich springe auf und fühle mich zum ersten Mal im Vorteil, wo er jetzt nicht mehr über mir aufragt. Ich könnte ihn mit einem Giftpfeil ritzen, aber dann ist der Spaß zu schnell vorbei. Adrenalin pumpt durch meine Adern, und ich fühle mich lebendiger als je zuvor seit meinem Nahtod-Erlebnis. Das hier ist der Grund, warum ich meine Arbeit liebe. Die Gefahr, der Kick. Und dies ist endlich auch mal eine Herausforderung. Viele Zielpersonen haben mir nichts entgegenzusetzen, sind unvorbereitet oder zu schwach, aber der hier ist tatsächlich ein ebenbürtiger Gegner.

Ich beobachte grinsend, wie er hin und her rutscht und sich dreht, bis er vor mir kniet und dabei fast so groß ist wie ich. In seinen Augen brennen Hass und Schmerzen. Der Geruch von Blut füllt meine Nase, und ich muss lächeln. Er blutet immer noch und verliert mit jedem Tropfen der rubinroten Flüssigkeit, die da auf den Boden tropft, etwas mehr von seiner Stärke. Ich muss mich beeilen, sonst ist er am Ende keine Herausforderung mehr für mich. Ich will schließlich meinen Spaß haben.

»Dafür wirst du bezahlen«, grunzt er.

Ich ziehe eine Augenbraue hoch. »Nur zu.«

Er hebt die Axt so mühelos mit einer Hand, wie er das vorher im Stehen getan hat. Die scharfe Klinge glänzt in dem trüben Licht. Sie hat noch kein Blut geleckt. Vielleicht sollte ich mich ritzen lassen, einfach nur so. Schmerz lässt mich noch wilder werden.

Der Mann versucht, seine Axt zu schwingen, befindet sich aber zu dicht am Boden und erwischt dadurch nicht den richtigen Winkel. Die Klinge kracht gegen die Wand und löst dort Splitter aus dem Mauerwerk.

»Willst du eins meiner Messer?«

Er starrt mich wütend an. Und dann werden seine Augen gelb. Verflucht nochmal – gelb! Wie zum Teufel? Er ist doch ein Mensch. Er riecht wie einer. Ist er ein

Mutant? Oder gehört er einer Spezies an, die mir bisher noch nicht begegnet ist, einer, die sich hinter einer menschlichen Maske verbirgt?

»Was bist du?«, fauche ich und umschließe meine Messer noch fester. Das Unbekannte erregt mich, aber ich ärgere mich, dass ich auf diese Wendung nicht gefasst war.

Er lächelt und zeigt dabei scharfe Zähne. Ich hätte schwören können, die waren vorher runder. Seine Eckzähne standen auch nicht so weit vor und waren nicht so spitz, sahen nicht so gefährlich aus.

»Etwas Neues«, zischt er, und dann steht er wieder auf den Füßen, als hätte er nie eine Verletzung gehabt. Verdammt noch mal. Er ist geheilt; der Blutgeruch ist fast verschwunden. So etwas habe ich noch nicht gesehen. Wandler haben Selbstheilungskräfte, ja, aber das braucht trotzdem Zeit und geht nicht von einem Augenblick zum nächsten wie bei diesem Typen. Eines ist sicher - das hier ist kein Mensch. In keinster Weise.

»Sag mir mehr«, fordere ich ihn auf und warte auf seinen Angriff. Ich werde nicht auf ihn losgehen, bis ich nicht weiß, wer oder was er ist. Diese Informationen brauche ich dringender, als ihn leiden zu sehen.

Sein Grinsen wird breiter. »Ich bin dein Tod.«

Er stürmt los und schwingt dabei die Axt, als ob sie ein Stöckchen wäre. Ich kann dem Schlag nur ausweichen, indem ich mich schnell zusammenkauere. Er lacht und hebt die Axt erneut, bereit zum Schlag. Jetzt ist es genug. Ich nehme einen Giftpfeil aus meinem Kragen und steche ihn ins Bein. Es ist noch keiner von den tödlichen, ich möchte ihn noch am Leben erhalten. Er wird kampfunfähig werden in drei, zwei, eins...

Nichts passiert. Er hat noch nicht einmal bemerkt, dass ich ihn gestochen haben; aber seine Axt kommt jetzt auf mich zugeflogen, bereit, mich in zwei Teile zu spalten. Ich springe und gleite durch seine weit gespreizten Beine, rolle mich ab und stehe wieder auf den Füßen. Bin schon ein bisschen stolz auf diese Parade, aber nicht lange. Er dreht sich schneller um als sein massiger Körper vermuten ließe und fährt mit dem Angriff fort.

Ich selbst kann an eine Offensive nicht einmal denken – habe genug damit zu tun, seinen Schlägen auszuweichen und nicht zu einer glied- oder kopflosen Kat zu werden. So sehr mir unser kämpferischer Tanz noch gefällt, so langsam wird es frustrierend. Normalerweise gebe ich den Ton an, hier ist's genau umgekehrt. Er ist stärker, und es tut weh, das eingestehen zu müssen.

Diesmal nehme ich zwei Pfeile und werfe sie ihm an den Hals. Er kann einen herausziehen, bevor das Gift in die Blutbahn gelangt, aber den anderen findet er nicht. Ich warte mit angehaltenem Atem und hoffe, dass diesmal die Wirkung einsetzt. Meine Pfeile sollten auch bei Wandlern wirken, nicht so gut wie bei Menschen, aber gut genug, um jemanden langsamer zu machen und für eine Weile außer Gefecht zu setzen. Lang genug, damit ich endlich die Oberhand gewinnen kann.

Bei ihm habe ich damit kein Glück. Er lacht, als würden ihn meine Bemühungen amüsieren.

»Hast du nichts Besseres?«, grollt er und kommt auf mich zu gestakst. Seine Eckzähne sind jetzt noch länger und reichen über seine Unterlippe. Er verändert sich weiter, während wir kämpfen, und keiner weiß, was das Endresultat sein wird. Ich muss jetzt schnell handeln.

Meine Messer fest umklammert springe ich vorwärts, weiche seinem Schlag aus und tauche unter seinem Arm hindurch, wobei ich eine Klinge in die empfindliche Stelle in der Achselhöhle ramme und die andere seine Brust entlang ziehe, oberhalb der Linie, an der seine Schutzkleidung endet. Das wird ihn nicht weiter beeinträchtigen, aber ich will sehen, wie schnell er sich regenerieren kann. Meine ganze Kraft habe ich in den Stoß in die Achselhöhle gelegt, denn das ist eine gute Stelle, jemanden bluten zu lassen. Und ja, Blut spritzt mir über das ganze Gesicht, als ich mich zurückziehe.

Er heult auf, ein kläglicher Laut, der mich an einen verwundeten Hund erinnert. Er starrt auf seinen Arm, der schlaff an seinem Körper herunter hängt. Ich muss ein paar Sehnen und Nervenstränge durchtrennt haben. Gut so. Das dürfte ihn für einen Moment aufhalten.

Ich warte die weitere Wirkung nicht ab, er könnte zu schnell heilen. Da ich jetzt weiß, dass die Betäubungspfeile bei ihm wirkungslos sind, nehme ich nun die tödlichen. Zwei für alle Fälle. Falls er stirbt, kann Beth ihn sezieren, und wir erfahren vielleicht, wer oder was er ist. Mir tritt wieder klarer ins Bewusstsein, dass Lily und Bethany hier in diesem Keller gefangen gehalten werden, und dass Griffon noch nicht zu mir gestoßen ist, also anscheinend noch mit den anderen Männern da oben kämpft. Vielleicht ist er verletzt. Aber dann hätte ich ihn um Hilfe rufen hören. Und wo zum Teufel ist Lennox? Er müsste längst zurück sein. Wie schwer kann es sein, eine Katze zu finden?

Die Pfeile treffen ihn am Oberarm, dem unverletzten. Er scheint das nicht zu bemerken, starrt immer noch auf den anderen. Der Blutstrom versiegt langsam; er regeneriert sich. Verdammt. Das habe ich in der Geschwindigkeit noch bei niemandem zuvor gesehen. Das dürfte gar nicht möglich sein.

Drei, zwei, eins… er taumelt. Seine Knie geben nach, und er ist wieder am Boden, allerdings noch sehr lebendig. Er hat zwei todbringende Giftpfeile im Leib und sieht aus, als würde ihn das kaum beeinträchtigen. Mir gehen langsam die Pfeile aus. Nicht gut, kann ich aber nicht ändern. Hoffentlich brauche ich keine mehr, wenn ich mit diesem Typen fertig bin. Und ich hoffe gleichfalls, dass es von seiner Sorte nicht noch mehr gibt.

Ich schieße meine letzten beiden Pfeile auf ihn ab, springe dann vor und lande auf ihm, was ihn auf den Rücken zwingt. Meine Messer bohren sich tief in seine Schultern, dicht genug am Nacken, um dort alle wichtigen Körperteile zu durchtrennen.

Er starrt zu mir auf, die gelben Augen hasserfüllt, dann entweicht mit seinem Blut das Leben aus seinem Körper. Er rührt sich nicht mehr, sein Herz schlägt ein letztes Mal.

Tot. Endlich.

Ich steige von seinem hingestreckten Körper runter und stecke die Messer in die Scheide, drehe mich dabei von ihm weg. Jetzt muss ich erst einmal meine Freunde befreien.

Und da fängt sein Herz wieder an zu schlagen.

ELF

Ich werfe seinen gerade abgeschlagenen Kopf so weit wie möglich von seinem Rumpf fort. Das müsste seinen Tod endgültig machen. Hoffe ich. Vielleicht wird sein Körper sich aber noch einmal erheben und wahllos mit der Axt um sich schlagen, die er noch immer in seiner leblosen Hand hält. Ich winde sie vorsichtshalber aus seinen dicken Fingern und nehme sie mit, als ich mich zu dem Raum am Ende des dunklen Korridors aufmache.

Lily und Beth sind hinter der dicken Eisentür; das kann ich riechen.

»Hallo, Mädels?«, rufe ich. »Geht's euch gut?«

»Ja, uns geht's gut«.

Lilys Stimme ist gedämpft, aber sie hört sich intakt an.

Leider hatte der massige Kerl keine Schlüssel bei sich; aber ich habe meine bewährten Dietriche dabei.

Gerade als die Tür aufspringt, höre ich hinter mir näherkommende Schritte. Griffon und Lennox. Na endlich!

»Was habt ihr so lange…«

Ich schlucke meine Worte hinunter. Sie sind beide mit Blut bedeckt. Sehr viel Blut. Es klebt in ihren Haaren, hat ihre Kleidung durchtränkt, ist in ihren Fußabdrücken zu sehen. Da ist wohl eine längere Dusche fällig.

»Der eine hat's mir nicht gerade leicht gemacht«, sagt Lennox mit ironischem Grinsen. Er zeigt auf den abgetrennten Kopf auf dem Boden und versetzt ihm einen leichten Fußtritt. »Ich sehe, du hattest auch einen von denen.«

Griffon inspiziert den kopflosen Körper. »Gute Arbeit. Ich nehme an, deine Gifte haben auch nicht gewirkt?«

Ich schüttele den Kopf. »Überhaupt nicht. Köpfen hat's dann aber anscheinend gebracht.«

Er kichert. »Ja, bei unserem auch. Er ist allerdings dreimal wiederauferstanden, bevor ich darauf gekommen bin.«

»Wollt ihr uns vielleicht bald hier rausholen?«, ruft Beth hinter uns. »Es wird so langsam etwas kalt.«

Kalt? Ich finde es hier unten eher warm. Mir wird allerdings klar, warum sie das sagt, als ich die Zelle betrete. Sie sind beide nackt. Sie durften nicht einmal ihre Unterwäsche anbehalten.

»Jungs, bleibt draußen«, rufe ich hinaus, bevor mir die anderen folgen können. Ich weiß, dass Lily kein

Problem damit hätte, wenn Männer sie nackt sehen, bin mir bei Bethany aber nicht so sicher. Und um ganz ehrlich zu sein, möchte ich nicht, dass die Kerle außer mir andere Frauen so sehen. Keine nackten Mädchen mehr für sie. Ich bin eine Katze und damit von Natur aus besitzergreifend.

Ich öffne die Handschellen, mit denen Lily und Beth an die Wand gekettet sind und schicke die Männer dann los, in dem Haus nach Kleidung für die beiden zu suchen.

Während wir auf ihre Rückkehr warten, setze ich mich auf die Holzbank und reibe das Blut von meinen Messern. Zu Hause werde ich sie polieren, und wahrscheinlich muss ich sie auch schärfen, nachdem sie mit diesem ledernen Armschutz in Berührung gekommen sind. Ich kümmere mich gern um meine Waffen. Das hat etwas Beruhigendes, bei solchen Arbeiten bekomme ich den Kopf frei und kann mich auf eine einfache Sache konzentrieren, bei der man nicht groß denken muss.

»Was ist mit Ben?«, fragt Beth nach einem Moment des Schweigens. »Sie haben uns voneinander getrennt, sobald sie uns überwältigt hatten.«

»Wir werden nach ihm suchen, nachdem wir dieses Haus auf den Kopf gestellt haben. Das war ganz schön blöd von denen, uns hierher zu führen. Das Haus muss schon länger als Versteck gedient haben, und bevor wir gehen, will ich so viele Erkenntnisse wie möglich sammeln.«

»Warum haben die unsere Kleidung mitgenommen?«, fragt Lily. »Sie haben nicht versucht, uns zu verletzen, wir mussten uns nur ausziehen, und dann haben sie uns an die Wand gekettet.«

»Der eine von denen war merkwürdig. Er hatte ein paar Eigenschaften, die auf einen Gestaltwandler deuten, war aber keiner, jedenfalls kein echter. Ich frage mich, ob Leute seiner Art so gut im Spurenlesen sind wie echte Wandler. Eure Kleidungsstücke würden ihnen die Möglichkeit geben, euch überall aufzuspüren. Ihr habt sie getragen, als ihr angegriffen wurdet, habt da rein geschwitzt und einen entsprechend starken Geruch hinterlassen.«

»Willst du damit sagen, dass irgendeine abartige Kreatur an meinen Kleidern schnüffeln wird?«, fragt Bethany ungläubig.

Ich zucke mit den Schultern. »Ich hab das auch schon gemacht, wenn ich Leute gesucht habe. Ich werde jetzt hier mal nachsehen, ob es Kleidungsstücke gibt, die keinem der getöteten Männer gehören. Das könnte später nützlich sein.«

Nicht, dass ich erpicht darauf bin, an der Unterwäsche von diesen Unmenschen zu riechen, aber manchmal legt dir das Schicksal eben die Feinripps eines Mörders in den Weg, und du musst damit klarkommen.

»Wenn die jetzt also Geruchsproben von uns haben, bedeutet das, dass sie uns weiter verfolgen werden?« Lily reibt ihre wunden Handgelenke. Sie muss versucht haben, sich selbst zu befreien.

»Wir werden dahinterkommen, was sie vorhaben«, verspreche ich ihr. »Und ich werde dafür sorgen, dass sie euch nichts mehr tun können. Sie werden zu tot sein, um irgendeinem von uns zu nahe zu kommen.«

»Das ist tröstlich. Es sei denn, sie verwandeln sich in Zombies.«, kichert Beth. Ich sage ihr lieber nicht, dass der Mann da draußen so eine Art Zombie war. Wenn man das definiert als jemand, der von den Toten zurückkommt. Zum Glück hat die Enthauptung wenigstens funktioniert.

Lily rollt mit gequältem Gesichtsausdruck die Schultern. »Warum muss das immer passieren, wenn wir mal einen Abend weggehen? Da gibt's immer Ärger.«

Ich schnaube. »Das nennst du Ärger? Da bin ich Schlimmeres gewohnt.«

»Das kann ich bestätigen«, sagt Lennox kichernd hinter mir. »Sie hat schon viel, viel Schlimmeres erlebt.«

Ich gehe aus dem Raum hinaus, damit ich ihn sehen kann und ziehe die Stirn in Falten.

»Wie willst du das beurteilen? Du hast dich in den vergangenen zehn Jahren schließlich ziemlich rar gemacht.«

Huch, das hat sich jetzt recht bitter angehört.

Er zieht eine Augenbraue hoch, wohl um abzuschätzen, ob ich aus irgendeinem Grund sauer auf ihn bin. Ich lächle etwas gezwungen, und diese hübsch geschwungene Augenbraue senkt sich wieder auf normale Höhe.

»Ich kenne doch meine Kat«, antwortet er sanft. »Ich kann mir nicht vorstellen, dass dein Leben nach meiner Flucht weniger gefährlich geworden ist, im Gegenteil. Stimmt's?!«

»Nee«, murmele ich und geben ihm nur ungern recht. »Aber das ist jetzt nicht wichtig. Wir müssen diesen Ort hier absuchen und dann Benjamin finden.«

Lennox reicht mir einen Stapel Kleidungsstücke. »Das ist alles, was ich finden konnte. Und die beiden anderen stellen schon das Haus auf den Kopf.«

»Die beiden?«

»Ryker ist gekommen. Seine Katzen haben ewig gebraucht, ihn hierher zu führen. Er ist gerade dazugestoßen, als wir diese Kreatur ins Jenseits befördert haben.«

»Weshalb meine Kleidung auch frei von Blut geblieben ist«, ruft Ryker von oben. Wow, sein Gehör ist wirklich hervorragend.

»Also Kat, wenn du jemanden umarmen möchtest, nimm mich!«

»Warum sollte ich jemanden umarmen wollen?« frage ich in echter Verwirrung, bevor mir mein kleines Hitze-Problem wieder einfällt. Im Moment fühle ich mich kein bisschen geil. Wow. Das ist das erste Mal seit langer, langer Zeit, dass ich Lennox nicht anspringen und gleich da an der Wand vernaschen will. Das muss mit der Aufregung und dem Adrenalinschub zu tun haben. Das muss ich mir merken. Jemanden umbringen reduziert die Libido. Wer hätte das gedacht.

Ich muss unwillkürlich lächeln beim Gedanken daran. Das ist doch eine einfache Behandlungsmöglichkeit. Töten kostet nichts, macht Spaß und ist weniger anstrengend, als mit jemandem zu schlafen. Obwohl ich zugeben muss, der Spaßfaktor ist mit meinen Kerlen doch noch ein bisschen höher.

Lennox, Bethany und Lily bleiben zurück, um das Haus weiter zu durchsuchen. Da Lennox heute Nacht schon eine Wandlung hinter sich hat, soll er vorläufig lieber seine menschliche Gestalt behalten; deshalb bleibt er bei den Frauen. Ich glaube kaum, dass wir heute mit einer weiteren Attacke rechnen müssen und selbst wenn, käme er auch ohne seinen Wolf damit zurecht. Außerdem werden Rykers Katzen ihnen folgen.

Wir übrigen sind in die Straße zurückgegangen, in der unsere Freunde entführt wurden. Die Nachtschwärmer sind wieder unterwegs und erschweren es uns, Benjamins Geruchsspur in dem Gemenge aus Alkohol, Schweiß und Pisse zu isolieren. Wenn unser Dieb nicht bei mir im Haus wohnen würde, wäre es mir wahrscheinlich unmöglich, seiner Spur zu folgen, aber da mir sein Geruch so vertraut ist, weiß ich genau, wonach ich suchen muss.

Einige der Passanten werfen uns merkwürdige Blicke zu, aber wir hatten keine Zeit, Griffon einer gründlichen Reinigung zu unterziehen. Er hat ein frisches Hemd und eine neue Hose angezogen, aber Blut klebt in seinen Haaren und an seinen Stiefeln (die wollte er unbedingt anlassen). Andererseits ist der Anblick von Blut in diesem Stadtteil nicht gerade eine

Seltenheit. Auch jetzt kann ich verschiedene Kampfgeräusche in unserer Umgebung ausmachen und rieche mindestens zwei blutende Opfer irgendwo in der Nähe.

Es dauert zehn Minuten, um der Spur durch enge Gassen und über eine verkehrsreiche Straße zu folgen, bis sie uns zu den Lagerhallen führt. Dies ist ein Industriebezirk mit, nun ja, Lagerhallen und einigen kleineren Fabriken. Rykers Schokoladenfabrik ist hier ganz in der Nähe, und ich wünschte, wir hätten Zeit, die Katzenkinder zu besuchen und mit ihnen zu spielen.

Zwei Katzen laufen neben Ryker her, aber ich kenne keine von ihnen. Er hat mittlerweile eine größere Anhängerschaft, darunter viele Neulinge. Ich muss ihn später mal bitten, mich vorzustellen. Ich sollte wenigstens die Namen meiner Mitarbeiter kennen.

Die Spur führt zu dem am neuesten aussehenden Lagerhaus in der Gegend. Es handelt sich um ein glänzendes Metallgebäude mit Glasdach. Wie unpraktisch! Oder ist das eine Art Gewächshaus?

Nein, das kann nicht sein. Die Metallwände würden die Pflanzen darinnen zum Kochen bringen.

»Wart ihr schon mal hier?«, frage ich die Männer.

»Bin schon mal vorbeigelaufen, aber ich hab's mir nie näher angesehen«, sagt Ryker mit bedauerndem Unterton. »Die meisten anderen Gebäude habe ich auf der Suche nach Brauchbarem schon durchstöbert, aber dieses da ist besser gesichert als alle anderen zusammen.«

Wir halten uns im Schatten, und ich bin froh, dass es Nacht ist. Eine Reihe von Scheinwerfern beleuchten den Boden um die Lagerhalle herum, aber einer von ihnen ist ausgefallen, so dass uns ein dunkler Fleck bleibt, in dem wir uns verstecken und das weitere Vorgehen besprechen können.

»Fühlst du das auch?«, fragt Griffon plötzlich.

»Was?«

Ich kann nichts Ungewöhnliches feststellen.

»Du spürst keinen Drang umzukehren und von hier wegzugehen?«

Ich schüttele den Kopf. »Sollte ich?«

Er verzieht das Gesicht. »Ja, wenn du rein menschlich wärst, würdest du das tun. Das ist eine Sirenen-Technik. Niederwellige Aufnahmen von Sirenengesängen, die jedem, der zu nahe kommt, plötzlich die Entscheidung nahelegen, doch lieber woanders sein zu wollen. Ich sollte mich eigentlich nicht wundern, dass das bei euch beiden wirkungslos ist.«

»Eine Aufnahme?«, fragt Ryker. »Sollten wir die nicht hören können?«

»Sie ist nicht einmal laut genug, dass man sie mit Sensoren erfassen könnte«, erklärt Griffon. »Wenn man dicht genug an die Lautsprecher dort oben in Dachnähe herankäme, könntest du sie vielleicht hören, aber nicht hier unten.«

»Faszinierend«, murmele ich. »Könnten wir so was auch bei M.I.A.U. installieren? Nicht, um Leute abzuschrecken, aber um sie dazu zu bringen, mehr zu bezahlen?«

Die Jungs starren mich an. Dann lacht Griffon los,

und echte Freude leuchtet in seinen Augen. »Du bist einfach einmalig, Kat«.

Ich zucke mit den Schultern. »Man muss schließlich sehen, wo man bleibt.«

Ohne Vorwarnung nimmt mich Ryker in die Arme und zieht mich an sich. Ich könnte mich wehren, klar, aber das fühlt sich zu gut an, um mich zu widersetzen. Seine Lippen sind einen Augenblick später auf meinen, und ich nehme seinen Geschmack in mich auf. Frische Milch und Katzenminze mit einem von Hauch Zimt.

»Halt«, faucht Griffon plötzlich. Nicht, weil dies weder der richtige Ort noch Zeitpunkt ist, sondern eher, weil er sich ausgeschlossen fühlt. »Kein Küssen, bevor wir nicht unser Date haben und das alles besprochen wurde.«

Mit einem letzten Stoß meiner Zunge gegen Rykers mache ich einen Schritt zurück und sehe Griffon stirnrunzelnd an. »Was alles?«

Er beschreibt mit seinem Arm einen Bogen um uns. »Das hier. Dich, ihn, Lennox. Das alles.«

Ich seufze. »Müssen wir das wirklich diskutieren? Können wir nicht irgendwie alle akzeptieren, dass ihr alle mir gehört und nicht mehr darüber reden?«

Die Männer schauen sich an.

»Nein«, murrt Griffon. »Wir werden das bei unserem Date besprechen. Vorzugsweise morgen. Oder noch heute Nacht. Sobald wie möglich.«

Ryker zuckt mit den Schultern. »Ich habe als Katze gelebt, und unsere Weibchen nehmen sich so viele Kater, wie sie wollen; aber in meiner menschlichen

Gestalt stehe ich dem nicht mehr so gleichgültig gegenüber. Also wäre ein kleines Gespräch mit uns allen wohl ganz gut.«

Ich seufze. Männer! Die machen alles immer so kompliziert.

»Also gut, ein Date. Aber es muss was Gutes zu essen geben. Und Wein.«

Griffon nickt. »Abgemacht. Ich kenne genau den richtigen Ort dafür. 20 Uhr?«

»Wie wär's mit Mittag?«, schlägt Ryker vor. »Je früher, desto besser. Ich weiß nicht, wie lange ich mich beherrschen kann, wenn ich sie dauernd in ihrem hitzigen Zustand rieche. Außer, wir streichen die Nicht-Küssen-Vereinbarung, dann geht auch 20 Uhr.«

»Ich bin nicht rollig«, protestiere ich, aber allein die Erwähnung erinnert meine Hormone daran, dass ich es tatsächlich noch bin. Mist. Ich hatte gehofft, dass die durch das Töten hervorgerufene Anti-Libido-Wirkung länger anhalten würde. Mein Inneres zieht sich zusammen, als mir so richtig bewusst wird, wie dicht die beiden Männer neben mir stehen. Wie leicht es wäre, sie beide an mich heranzuziehen, zwischen ihnen eingeklemmt zu sein und alle möglichen schlimmen, aber Freude bringenden Dinge mit ihnen zu treiben.

Ein Schrei durchdringt die Nacht und setzt meiner Geilheit ein jähes Ende. Benjamin.

Eine der Katzen miaut, und Ryker beugt sich nieder und spricht mit dem rotbraunen Kater. Die andere Katze ist verschwunden, wahrscheinlich auf Erkundungsgang oder um Verstärkung zu holen. Ryker kann mit den Katzen kommunizieren, obwohl er seine menschliche Gestalt hat. Und das viel umfänglicher, als es mir möglich ist. Er versteht jedes einzelne Wort, nicht nur ihre Absichten. Das macht mich ein bisschen neidisch, aber ist andererseits logisch; er hat sein Leben lang mit ihnen verbracht, und nicht nur das – sie haben ihn als ihren Anführer akzeptiert.

»Bowen sagt, man kommt nur durch das Haupttor rein«, übersetzt er. »Es gibt keine Löcher in den Mauern, keine Dachfenster. Das ist eben ein neues Gebäude, das merkt man. Bei den anderen Lagerhallen gibt es überall Schwachstellen, aber hier hat man auf Sicherheit Wert gelegt.«

»Das hatte ich befürchtet«, gibt Griffon zu. »Wenn dieses Gebäude außen schon Sirenen-gesichert ist, dann wird man im Innern weitere Maßnahmen getroffen haben. Das wird nicht so leicht werden wie bei dem anderen Haus vorhin, in das wir einfach reinspazieren konnten. Dies ist eine Festung, auch wenn es auf den ersten Blick nicht den Anschein hat.«

Erneut ein Schrei, aber diesmal ist es nicht Benjamin. Hoffentlich einer seiner Angreifer.

Ich wünschte ich hätte etwas, das diese Mauern durchdringen könnte; aber meine ganze Einbruchs-Ausrüstung ist zu Hause. Wir hatten schließlich nur vor, uns das blaue Haus anzusehen und dann in den Pub zu gehen. Eine Entführung war nicht eingeplant.

»Sei's drum, dann müssen wir eben durch die Tür hinein«, sage ich und verziehe das Gesicht bei dem Gedanken, dass wir dann keinerlei Vorteil durch

Tarnung mehr haben.

»Meine Katzen holen Verstärkung«, berichtet Ryker und streicht dem rotbraunen Kater zum Dank über den Kopf.

»Könnt ihr erspüren, wie viele Leute da drinnen sind?«, fragt Griffon, aber ich schüttele den Kopf.

»Die Wände sind zu dick, tut mir leid. Hier draußen gibt es Gerüche von circa zwei Dutzend Leuten, aber die könnten alt sein. Keine Ahnung, wie viele im Moment da drinnen sind.«

»Dann müssen wir uns wohl überraschen lassen«. Er grinst. »Ich muss zugeben, dass mir Überraschungen nicht immer lieb sind. Besonders nicht solche, an denen meine Familie beteiligt ist.«

Ich stelle fest, dass Ryker nicht weiter reagiert, als Griffon von Sirenen und Familienbanden spricht. Also muss Griffon den anderen wohl davon erzählt haben, als ich auf dem Weg der Besserung war. Prima, ein Geheimnis weniger.

»Sollte einer von uns zurückbleiben, für alle Fälle?«, fragt Ryker.

Daran hatte ich auch schon gedacht, aber da wir sowieso keinen Überraschungseffekt mehr auf unserer Seite haben, sollten wir gleich mit voller Kraft angreifen.

»Nein, wir bleiben zusammen«. Ich atme tief durch. »Los, lasst uns ein paar üble Zeitgenossen ins Jenseits befördern.«

ZWÖLF

Natürlich sind die schweren Türen an der Vorderseite der Lagerhalle abgeschlossen. Es gibt auch keine Klingel, aber die hätte wohl auch nicht dahin gepasst. Stattdessen klopfe ich an, so laut ich kann. Der Klang hallt das ganze Metallgebäude entlang und wirft von hinten ein Echo zurück.

Schwere Schritte nähern sich, es sind drei Leute. Hoffen wir mal, dass es sich nicht wieder um Zombie-Mutanten handelt. Obwohl mich ein Kampf mit ihnen von dem Drang ablenken könnte, meine beiden Männer näher an mich zu ziehen, damit ich sie an all den entscheidenden Stellen berühren kann. Ich lasse mich schon wieder ablenken, das ist ein schlechtes Zeichen. Benjamin ist in Gefahr, er könnte verletzt sein, und ich habe nichts Besseres zu tun, als von auf mir liegenden nackten Männern zu fantasieren.

Ein kleines Guckloch wird auf der rechten Seite der Tür geöffnet, und ein Auge blinzelt uns an.

»Was wollt'n ihr?«

Ich lächele unschuldig. »Wir machen eine Umfrage, wie zufrieden ortsässige Unternehmen mit den Diensten sind, die die Gemeinde zur Verfügung stellt. Wären Sie bereit, dazu einige Fragen zu beantworten?«

Klimper. Klimper.

Der Mann tritt von dem Guckloch zurück und lässt einen anderen seinen Platz einnehmen. Diesmal ist es ein blaues Auge, unter dem eine lilafarbene Schwellung zu erkennen ist.

»Natürlich helfen wir Ihnen gern mit der Umfrage«, sagt er mit freundlich, mit angenehm warmer Bariton-Stimme. Griffon räuspert sich und bestätigt damit meinen Verdacht. Das dort ist eine Sirene. Und das bedeutet, dass die Meute beteiligt ist. Ich bin nicht wirklich überrascht, aber die Anwesenheit eines ihrer Anführer bedeutet, dass diese Lagerhalle wichtiger sein muss, als ich dachte. Was auch die Frage aufwirft, warum sie Benjamin hierher gebracht haben. Sie müssen davon ausgegangen sein, dass wir seiner Spur folgen werden.

Das ist eine Falle.

Schon klar. Die Frage ist, wie schnell können wir sie zuschnappen lassen und uns herauswinden, um dann den Spieß umzudrehen?

Der Mann tritt von dem Guckloch zurück und beginnt, die Tür aufzuschließen.

»Spiel weiter mit«, flüstert Griffon mir zu. »Tu so, als ob du unter seinem Einfluss stehst.«

Ich bin mir nicht sicher, ob das etwas bringt. Wenn dies eine Falle ist, dann weiß dieser Siron, wer und was ich bin. Falls sie mich beobachtet haben, wissen sie eventuell auch über Ryker und Griffon Bescheid. Wir haben keinen Vorteil mehr, aber vielleicht können wir so unberechenbar sein, dass sich doch noch alles zum Guten wendet.

Die Doppeltüren öffnen sich mit einem durchdringenden Quietschen. Da wäre ein Tropfen Öl angebracht. Das hier ist eher ein Tor als eine Tür, groß genug, Fuhrwerke und Wagen durchzulassen.

Drei Männer erwarten uns. Zwei sind wahre Riesen, wahrscheinlich dieselbe Art von untoten Mutanten, denen wir schon begegnet sind; der dritte in ihrer Mitte ist schlank und gut angezogen. Sein Spitzbart ist sehr gepflegt, seine Zähne scheinen weiß, der Anzug ist frisch gebügelt. Der einzige Makel an ihm ist jener blaue Fleck unter dem linken Auge. Der ist noch frisch, höchstens ein paar Stunden alt; da Sirenen sich aber schneller regenerieren als Menschen, könnte er auch noch jüngeren Ursprungs sein.

»Kommen Sie nur herein«, fordert er uns freundlich auf. »Wie lange wird das dauern?«

Schon beeindruckend, wie er auf unsere Geschichte eingeht. Ich weiß, dass er weiß, dass wir nicht die sind, die wir vorgeben zu sein. Er weiß, dass ich weiß, dass sie unseren Freund gefangen halten. Und dennoch spielen wir unsere Rollen, schauspielern in einem Stück, dessen

Ausgang wir noch nicht kennen. Macht aber irgendwie Spaß. Die meisten meiner Opfer sind entweder dumm oder zu überrascht, um der Sache noch einen Unterhaltungswert zu geben. Das hier ist anders. Das Spiel hat begonnen, und trotz der Gefahr genieße ich es.

Er dreht sich um und geht zu einigen ausgefallen aussehenden Stühlen in der Ecke dieses Empfangszimmers. Wir folgen ihm, und die beiden Riesen kommen hinter uns her, nachdem sie die Tür geschlossen haben. Wir sitzen in der Falle. Mit Absicht.

»Bitte setzen Sie sich«, sagt er mit seiner betörenden Stimme. »Möchten Sie etwas zu trinken?«

Nein danke, habe keine Lust, mich vergiften zu lassen.

»Nein danke«, antworte ich mit breitem Lächeln. »Es wird nicht lange dauern.«

»Das glaube ich auch nicht«, antwortet er selbstgefällig. Etwas wird mir in den Rücken gedrückt, ich wirbele herum, aber bevor ich auch nur sehen kann, dass mich jemand berührt hat, obwohl die beiden Bodyguards einige Meter entfernt stehen, hat mein Gehirn schon einen Kurzschluss erlitten, und ich falle bewusstlos zu Boden.

Wieder zu mir zu kommen ist ein langer, schmerzhafter Prozess. Meine Gliedmaßen sind schwer und folgen meinen Anweisungen nicht, im Kopf entwirren sich die Gedanken nur ganz allmählich. Was ist verdammt nochmal geschehen? Wie konnten sie uns so leicht überwältigen? Ich hatte darauf geachtet, Abstand zu dem Siron und den Wachposten hinter uns zu halten. Sie hatten keine Waffen, jedenfalls keine sichtbaren. Nichts, das lang genug gewesen wäre, um uns von hinten damit anzustoßen. Was immer das war, es ist mir vorher noch nicht begegnet.

Ganz langsam lässt die Betäubung in Armen und Beinen nach; ich kann die Augen öffnen und setze mich auf. Ich befinde mich in einem kleinen Raum, alleine und splitterfasernackt. Ächz. Muss das sein? Wie aus dem Lehrbuch.

Ich wühle in meinen Haaren. Sie haben sogar die Haarklemmen entfernt, mit denen ich sie hochgesteckt hatte. Die Leute wussten, was sie taten. Doppel-Stöhn.

Ich wanke beim Aufstehen, bin aber froh, dass sie mich nicht angekettet haben wie Lily und Bethany. Die Wände sind weiß gestrichen, wie die Tür, der Fußboden und die Decke. Das einzige nicht-weiße Teil ist ein Abfluss aus Chrom in der Mitte des Raums. Macht alles den Eindruck, in einem Labor zu sein.

Mein Herz fängt an, schneller zu schlagen. Bitte nicht. Kein Labor. Mit Folter kann ich vielleicht noch umgehen, aber nicht damit, Opfer von Experimenten zu sein.

Die Tür gibt kein bisschen nach, als ich dagegen drücke. War aber den Versuch wert. In Bodennähe befindet sich eine Klappe, wahrscheinlich, um Essen durchzuschieben. Mein Magen knurrt bei dem Gedanken. Wie lange bin ich schon hier? Es muss schon eine

Weile her sein; beim Betreten der Lagerhalle hatte ich noch kein bisschen Hunger.

Ich setze mich wieder und konzentriere mich auf meine Katzensinne. Nichts. Kein Laut, kein Geruch außer dem beißenden Gestank von Desinfektionsmitteln.

Die waren gründlich. Sie wissen genau, wie man mich verunsichern kann.

Das Leben ist voller Geräusche, Gerüche und Geschmackseindrücke. Das trifft auf Gestaltwandler verstärkt zu. Ich verlasse mich noch mehr als Menschen auf diese Sinneseindrücke. In jeder Sekunde ordnet mein Verstand diese Eindrücke und alarmiert mich, wenn etwas näher untersucht werden muss. Es ist einfach furchterregend, ganz ohne Gerüche und Geräusche auskommen zu müssen.

Ich konzentriere mich auf meinen Herzschlag und versuche, durch den regelmäßigen Rhythmus zur Ruhe zu kommen. Er ist aber zu schnell. Und da ich noch nicht so viel Angst habe, dass der beschleunigte Puls damit zu erklären wäre, muss man irgendetwas getan haben, was meinen Kreislauf so beschleunigt.

Ich atme tief ein und aus und versuche, nur an meinen Atem zu denken. Dabei kommt mir zugute, dass es keine anderen Reize für meine Sinne gibt. Meine Gedanken wandern immer wieder zu Griffon, Ryker und Benjamin, aber ich versuche sie zu beherrschen. Das macht alles nur schlimmer. Ich bin sicher, die Jungs können auf sich selbst aufpassen. Falls dies hier mit der

keine Lüftung, nur diesen kleinen Spalt unter der Tür. Der Abfluss hilft mir auch nicht weiter. Ein dünner Strahl schmutzigen Wassers fließt dort, aber es ist mir noch nicht gelungen, das Gitter darüber zu entfernen. Ich habe einmal hineingepinkelt; aus Mangel an Flüssigkeit musste ich noch nicht öfter gehen. Ich hoffe, mein Darm spielt mit und besteht nicht auf Entleerung.

Ich kann ein Gähnen nicht unterdrücken. Wann kommen sie endlich und quälen mich?

»Mir ist langweilig!«, rufe ich so laut ich kann. Mein Hals tut durch den Flüssigkeitsmangel weh, aber darauf kann ich keine Rücksicht nehmen.

Niemand antwortet. Natürlich nicht. Mittlerweile ist mir klar, dass dieser Raum vollkommen schalldicht ist. Das einzige, was ich hören kann, sind mein Herzschlag und mein Atem. Wie gesagt, mir ist langweilig.

Mir wird erst klar, dass ich eingeschlafen bin, als die Tür sich öffnet. Ich springe auf, bin etwas unsicher auf den Beinen. Wie lange habe ich geschlafen? Mist, das hätte mir nicht passieren dürfen, ich wollte schließlich wach bleiben.

Der Siron tritt ein, von seinen Bodyguards flankiert. Einer der beiden hält einen langen silbernen Stab in der Hand, an dessen Ende ein merkwürdiges Licht flackert. Das muss eine Art von Waffe sein, aber keine, die ich vorher schon mal gesehen habe.

»Setz dich doch«, sagt der Siron mit sanfter, melodischer Stimme. »Du siehst ja aus, als ob du jeden Moment zusammenbrichst.«

Ich starre ihn wütend an und bleibe stehen, mache

aber einen Schritt zurück, so dass ich jetzt den Rücken an die Wand lehnen kann.

Er zuckt mit den Schultern. »Wie du willst, ich bleibe sowieso nicht lange.«

Er kramt in seiner Anzugtasche und zieht ein zerknülltes Stück Papier hervor. »K1«, liest er. »Auslöschen wurde mehrfach empfohlen, bisher wurde sie aber zu Kontrollzwecken am Leben gelassen. K1 weigert sich, ihr Training ordnungsgemäß durchzuführen. Maßnahmen müssen ergriffen werden.« Er sieht auf und beobachtet meine Reaktion. »Maßnahmen... welcher Art?«

Ich antworte nicht.

Er liest achselzuckend weiter. »Mit zunehmendem Alter rebelliert K1 immer mehr. Sie wird sich ihrer selbst auch immer stärker bewusst. Es ist nicht mehr sicher, sie in der Nähe der anderen Klone zu belassen. D.G. empfiehlt, sie einem neuen Experiment zu unterziehen, um zu testen, inwieweit K1 unabhängig agiert und fähig ist, Probleme zu lösen. Auslöschung könnte genehmigt werden, sollte dieses Experiment fehlschlagen.«

Mir läuft ein Schauer über den Rücken. Er wiederholt immer dieses Wort. Auslöschung. Mich töten. Haben sie das vor? Das ist ein bisschen enttäuschend. Er hätte das tun können, während ich schlief.

»Weißt du, von welchem Experiment hier die Rede ist?«

Seine Augen sind kalt und auf mein Gesicht fixiert, damit ihnen ja keine Regung entgeht, die ich vielleicht zeigen könnte. Ich werde ihn enttäuschen. Ich kann Gefühle gut verbergen. Auch wenn mein Innerstes sich voller Furcht zusammengezogen hat. Weil ich keine Ahnung habe, von welchem Experiment er spricht. Ich kann mich nicht erinnern, dass ich während meiner Zeit bei der Meute je Teil eines Experiments gewesen wäre. Ja, sie haben manchmal Bluttests gemacht und meine Reaktionen gemessen, aber das meint er sicher nicht.

»Ich fürchte, dies ist das Ende dieses Experiments«, sagt der Mann mit einem Lächeln, das freundlich sein könnte, wenn seine Augen nicht so kalt blieben. »Wir können es nicht weiterlaufen lassen, nicht nach der Aktion gegen unsere Forschungseinrichtung.«

Ich kann ihm kaum folgen. So wie er sich ausdrückt, müsste da in diesem Moment ein Experiment laufen ... aber alles, was sie getan haben, ist doch, mich in diesen leeren Raum zu sperren und mich mit meinen eigenen Gedanken eine Weile schmoren zu lassen. Nichts Dramatisches.

»Professor Lakefield hatte große Hoffnungen darauf gesetzt, dass du dein volles Potential entfalten würdest, aber jetzt, wo er nicht mehr da ist und ich die Verantwortung trage, sollten wir nicht mehr so sentimental sein und diesen Vorgang beenden.«

Lakefield... den hat Griffon doch erwähnt. Der Mann, der Großmutter Doktor angeleitet hat, der am Klonen beteiligt war. Der ist also weg? Das sind doch gute Nachrichten, oder? Ich sollte mich eigentlich erleichtert fühlen, dass er und Großmutter Doktor nicht mehr da sind, aber es macht mich nervös, dass dieser neue Kerl mich jetzt anstarrt, als sei ich eine Laborratte.

»Warum bin ich dann noch am Leben?«, frage ich mit einer Stimme, die vor Heiserkeit fast nicht zu verstehen ist. »Wenn ihr mich töten wolltet, hättet ihr doch schon genug Gelegenheiten dazu gehabt.«

»Glaub mir, du wärst schon tot, wenn wir dich nicht als eine Art Rückversicherung bräuchten.«

Ich werfe ihm einen fragenden Blick zu. Es ist schrecklich, dass ich nicht weiß, wovon er eigentlich redet. Ich brauche Informationen, aber er ist der einzige, der sie mir geben kann.

»Es hat mich ganz schön überrascht, dass du einen Siron beschäftigst, noch dazu einen aus solch einer illustren Familie. Er weigert sich bisher noch, mit uns zusammenzuarbeiten, der einzige Grund, warum du noch am Leben bist. Wenn wir dir ein bisschen wehtun, bringt ihn das vielleicht zu Verstand.«

Er macht eine Handbewegung zu einem der Männer hinter sich, der daraufhin eine Kamera hervorzieht.

»Also los, jetzt schrei mal ein bisschen«, sagt er lächelnd, tritt zur Seite und lässt den Mann mit der silbernen Stange vortreten. Ich weiche ihm aus, aber der Raum ist so klein, dass das nur sehr begrenzt möglich ist; außerdem bin ich zu schwach, um groß Widerstand leisten zu können.

»Wart mal, wie stellt man dieses Ding eigentlich an?«, fragt der Typ mit der Kamera. Diese Kraftprotze wurden offensichtlich nicht wegen überragender Intelligenz eingestellt.

Während der Siron verärgert grunzt und dem Kerl zeigt, welchen Knopf er drücken muss, behalte ich den Mann mit der Stange im Auge. Das Licht an ihrem Ende scheint in Wellen mal stärker, mal schwächer zu leuchten, als ob im Innern die Stromzufuhr unterschiedlich stark ist. Interessant. Sieht hübsch aus, aber nicht so hübsch, dass ich es anfassen wollte. Wer weiß, dies könnte die Waffe sein, mit der sie mich ausgeschaltet haben.

Beim Klicken der Kamera wirbele ich herum. Blöde Instinkte.

Diese Bewegung ist zu viel für meinen geschwächten Körper, die Beine geben unter mir nach, ich stolpere, falle und bleibe am Boden liegen. Meine nackte Haut protestiert angesichts dieser plötzlichen Kontaktaufnahme, aber dann wird mir die Stange in die Seite gepresst, und ich spüre nur noch Schmerz.

Ich schreie, aber meine Stimme wird vom Schallschutz des Raumes verschluckt, und das macht den Schmerz noch unerträglicher. Keiner kann mich schreien hören. Ich bin allein, erleide Qualen, und diese Tatsache wollen sie nun gegen Griffon einsetzen.

Ich krümme mich zu einer Kugel zusammen, bin kaum noch bei Bewusstsein.

Irgendetwas trifft mich am Oberschenkel, hart und schmerzhaft. Es ist der letzte Tropfen, der das Fass zum Überlaufen bringt. Dunkelheit umfängt mich, und ich lasse das dankbar zu.

DREIZEHN

Kaltes Wasser küsst meine Haut, ich komme wieder zu mir und starre in meine Umgebung mit großen, juckenden Augen. Da sind zwei Beine direkt neben mir, die könnte man so schön angreifen. Nur dass mein Körper mir nicht gehorcht. Wie schon zuvor bin ich wie gelähmt und kann nicht einmal dem Schwall eisigen Wassers ausweichen, den man über mich schüttet. Ich kann nur meinen Kopf wegdrehen, dass es mir wenigstens nicht in Mund und Nase läuft, mein übriger Körper wird voll getroffen. Die Kälte kriecht in meine Knochen, Schauer laufen über mich und lassen mich zittern. War das mit dem Anstechen nicht genug? Muss das jetzt auch noch sein?

»Jetzt kannst du was trinken«, lacht der Mann verächtlich und tritt zurück. Die Tür fällt hinter ihm ins Schloss und lässt mich wieder allein zurück in diesem weißen, leeren Raum.

Ich höre, wie das Wasser Richtung Abfluss läuft. Das wird bald alles verschwunden sein. Ich muss trinken, ich brauche Flüssigkeit, damit ich weiter funktionieren kann. Ich versuche, mich umzudrehen, damit meine Zunge den Boden erreichen kann, aber mein Körper gehorcht mir nicht. Ich kann einfach nur daliegen und zuhören, wie das Wasser verschwindet; und jeder Tropfen, der in den Abfluss rinnt, verstärkt meinen Durst.

Es kommt keiner mehr zu mir. Kein Wasser, kein merkwürdiges Gerede über irgendwelche Experimente. Ich lasse mich treiben, es ist mir egal, was mit mir passiert. Falls ich wirklich das Pfand bin, das Griffon dazu bringen soll, zu tun was sie wollen, dann müssen sie mich am Leben erhalten. Das rede ich mir ein. Die werden mich nicht sterben lassen, das können sie nicht tun.

Oder?

Mein Magen hat sich zusammengekrampft. Ich spüre keinen Hunger mehr, nur noch eine merkwürdige Leere. Aber durstig bin ich immer noch. Das Wasser auf meiner Haut ist abgetrocknet. Ich wünschte, ich könnte mich in ein Amphibium verwandeln, dann könnte ich Wasser durch meine Haut aufnehmen.

Als dann doch jemand die Tür öffnet, sehe ich nicht einmal hin. Ich muss mit meiner noch vorhandenen Kraft sparsam umgehen. Nicht, dass die noch ausreichen würde um zu entkommen, aber ich könnte vielleicht doch noch einen Schlag auf der Nase dieses Sirons landen. Das würde mir große Genugtuung bereiten, auch wenn es das letzte wäre, was ich auf dieser Welt täte. Mit Pauken und Trompeten abtreten – und ein bisschen Blutvergießen.

Man stellt eine Schüssel in Kopfhöhe neben mir ab, dann entfernen sich die Schritte wieder und die Tür fällt zu. Ich schnüffele. Essen. Nichts Besonderes, Haferflocken und Wasser, aber es ist seit zwei Tagen die erste Mahlzeit, das ist also egal. Ich schiebe mich hoch, bis ich mit dem Rücken an der Wand sitze und schlürfe die Grütze in mich hinein. Sie ist total geschmacklos. Diesen Koch sollte man entlassen. Aber zumindest schmeckt es nicht nach irgendeinem mir bekannten Gift. Wie schon gesagt, die wollen mich nicht umbringen – noch nicht.

Es dauert eine Weile, bis meine Kehle sich soweit entspannt, dass sie überhaupt etwas Essbares durchlässt. Ich wünschte, dieser Brei wäre etwas wässriger. Ich könnte noch einige Tage ohne Essen durchhalten, aber nicht ohne Wasser. Ich habe den Körper eines Wandlers, und der braucht sehr viel mehr Energie als der eines normalen Menschen. Ich muss regelmäßig essen, um Energiereserven aufzubauen.

Ich lecke am Schluss die Schüssel aus, kein Tropfen darf verschwendet werden. Er könnte den Unterschied zwischen Leben und Tod bedeuten. Ich bin ein Überlebenskünstler.

Ich lehne mich zurück und drehe die Schüssel in den Händen. Sie ist nicht schwer genug, um als Waffe zu dienen, aber das wird mich nicht daran hindern, es trotzdem zu versuchen.

Ich werde hier rauskommen, koste es, was es wolle.

Vier Tage. Acht Schüsseln geschmacksneutraler Haferbrei. Vier Flaschen Wasser. Eine äußerst gelangweilte Kat.

Die Zeit vergeht langsam und ist erbarmungslos. Der Siron kommt nicht noch einmal zu mir. Das Essen wird mir von einem seiner Indianer gebracht, aber keiner von ihnen spricht mit mir.

Sie lassen mich nicht verhungern, aber sie geben mir so wenig zu essen, dass ich von Tag zu Tag schwächer werde. Ich versuche zwar, mich körperlich fit zu halten, mache entsprechende Übungen und boxe, dazwischen schreie ich gelegentlich die Wände an. Ich massiere meine Fingerknöchel. Gestern habe ich in einem Anflug von Verzweiflung gegen die Tür geboxt. Sie hat natürlich nicht nachgegeben, und ich habe mich hinterher auch nicht besser gefühlt. Und wo ich jetzt so schwach bin, braucht mein Körper für die Heilung der lädierten Fingerknöchel entsprechend länger.

Ich kratze mich im Nacken. Ich brauche eine Dusche. Mein Haar ist fettig und gleichzeitig ausgetrocknet, während meine Achselhöhlen so langsam einen unfeinen Geruch verströmen. Vielleicht sollte ich mich doch wandeln, dann könnte ich mich mit meiner langen Katzenzunge sauber lecken; aber ich weiß nicht, ob ich eine solche Wandlung in meinem derzeitigen

Zustand überhaupt überleben würde. Das würde zu viel Energie kosten.

Die Tür öffnet sich ohne Vorwarnung. Es ist noch zu früh für die nächste Mahlzeit. Sie haben sie immer zur selben Zeit ausgeteilt, exakt alle zwölf Stunden. Jetzt sind erst vier Stunden vergangen seit dem letzten Besuch, es muss also um etwas anderes gehen.

Ich mühe mich auf meine Füße, Schüssel in der Hand haltend. Ich könnte sie wem auch immer an den Kopf werfen, wenn er hereinkommt. Nur, um mir ein besseres Gefühl zu verschaffen.

Es ist der Siron. Einer seiner Männer stellt einen Stuhl in die Mitte des Raumes und geht dann zu seinem Kameraden an der Tür; sie passen auf, dass ich nicht fliehe. Als ob ich das könnte.

Der Siron setzt sich auf den Stuhl, kreuzt die Beine und stützt das Kinn in die Hand. Ein Schurke wie aus dem Lehrbuch. Kann man das irgendwo lernen? Gibt es eine Akademie für Unholde?

»Du siehst nicht gut aus«, bemerkt er und lässt den Blick über meinen Körper gleiten.

»Und wer ist daran schuld?« Ich spucke die Worte aus und bin froh, dass meine Stimme heute nicht so heiser klingt.

Er zuckt mit den Schultern. »Du solltest dankbar sein, dass ich dich überhaupt füttere. Wenn es nur nach mir ginge, wärst du schon längst eine Leiche, die den Fluss hinunter treibt.«

Also hat er nicht das alleinige Kommando. Das ist gut zu wissen.

»Unser gemeinsamer Freund besteht auf einem Lebenszeichen, also lächele wieder für die Kamera«.

Einer der Kraftprotze zielt wieder mit der Kamera auf mich, aber diesmal traktieren sie mich wenigstens nicht mit der Metallstange. Ich bin versucht, meine Nacktheit mit meinen Händen zu verstecken, aber es ist ja nicht so, dass sie mich in den vergangenen Tagen nicht schon ausführlich hätten begutachten können. Mittlerweile vermisse ich meine Kleidung nicht mehr. Ich hätte nur gerne eine Decke, unter der ich mich verkriechen könnte.

»Man hat mir gesagt, es sei ein Fehler gewesen, das Experiment zu unterbrechen, aber das kann man jetzt nicht mehr ändern. Wir haben Mittel und Wege, dich alles vergessen zu lassen, haben das unzählige Male an dir angewendet; aber diesmal sind andere Leute beteiligt. Deine Freunde haben nach dir gesucht. Auch wenn ich dich alles vergessen lasse, kann ich das nicht mit jeder einzelnen Katze hier in der Stadt tun.«

Also suchen mich die Katzen. Lennox, Lily und Benjamin möglicherweise auch, falls sie es alle heil nach Hause geschafft haben. Ich hoffe, er hat Benjamin nichts getan. Unser Dieb ist ein Mensch und damit für die Meute nicht von besonderem Wert. Sie haben ihn wohl nur benutzt, um uns anzulocken. Hoffentlich macht ihn das in ihren Augen nicht entbehrlich.

Griffon ist wohl noch in Gefangenschaft; aber hat Ryker es geschafft, die Katzen zu mobilisieren? Das kann ich nur hoffen. Es würde bedeuten, dass zwei meiner Männer in Sicherheit sind.

Wenn er nicht weiterspricht, übernehme ich die Initiative. »Was soll nun geschehen?«

Er lächelt ironisch. »Wir beide werden uns ein wenig unterhalten.«

»Machen wir das nicht schon?«

Er grinst noch breiter. »Nein, tun wir nicht. Das ist noch nicht die Art von Unterhaltung, die mir vorschwebt.«

»Dann musst du dich klarer ausdrücken.«

Ich versuche, so selbstbewusst aufzutreten, wie mir das derzeit möglich ist, aber ein leichtes Zittern meiner Beine verrät mich.

»Wir werden ins Labor gehen und uns dort weiter unterhalten. Wie früher. Aber daran kannst du dich nicht mehr erinnern, oder?«

Das ist keine richtige Frage. Er weiß, dass ich mich nicht erinnern kann. Falls das überhaupt so passiert ist. Was ich bezweifle.

»Ich habe dich noch nie im Leben gesehen«, fauche ich zwischen zusammengepressten Zähnen hervor.

»Aber sicher doch«, antwortet er fröhlich. »Du hast mir immer so schöne Namen gegeben. Wie eine richtige Wildkatze. Ich werde unsere kleinen Gespräche vermissen. Die haben immer so viel Spaß gemacht.«

Ich kann meine Verwirrung nur schwer verbergen. Ich habe keine Ahnung, wovon er spricht.

Er gibt einer der Wachen ein Zeichen, der daraufhin herüberkommt und wieder die silberne Stange schwingt. Scheiße, nein.

»Ich folge dir«, sage ich schnell. »Das ist nicht nötig.«

Sein Grinsen könnte kaum breiter sein. »Oh, ich höre dich aber so gerne schreien.«

Er nickt seinem Mann fürs Grobe zu und bevor ich mich noch wappnen kann, haut der mir die Stange in die Rippen, und alles wird wieder zu einem Meer aus Schmerzen.

Das entwickelt sich zu einer frustrierenden Gewohnheit. Aufzuwachen und sich nicht bewegen zu können, Blutgeschmack im Mund und die Erinnerung an Schmerzen noch lebhaft in Erinnerung zu haben. Nur bin ich diesmal nicht in meiner Zelle. Ich sitze auf einem Stuhl, meine Arme und Beine sind mit dicken Lederbändern daran festgebunden. Ich erinnere mich dunkel, solch einen Stuhl in dem Forschungsgebäude der Meute gesehen zu haben, aber da wir das niedergebrannt haben, müssen wir woanders sein. Der Raum ist fensterlos und scheint, wie meine vorige Zelle, schallisoliert zu sein; ich habe also keine Ahnung, wo ich mich befinde, könnte daher auch noch in der Lagerhalle sein.

Ich bin alleine in dem Raum. Während sich mein Körper von den Lähmungserscheinungen erholt, kann ich mich also wenigstens umsehen. Dies ist ein Labor, zweifellos. Einige der Instrumente, die auf den Tischen und Regalen verstreut liegen, haben wir auch in unserem Labor bei M.I.A.U.; viele erkenne ich aber auch nicht. Rechts von mir stehen zwei große Metalltische, zu meiner Linken gibt es einen Schreibtisch, und dort befindet sich auch die Tür, die in die Freiheit führt. Das Licht über mir ist hart und hell und lässt meine Haut blass und krank aussehen. Könnte aber auch sein, dass meine Haut sowieso so aussieht.

Wahrscheinlich muss ich schon froh sein, dass ich auf dem Boden keine Blutspritzer sehe oder sezierte Körperteile in den Glasgefäßen. Dieses Labor ist sauber und aufgeräumt und sieht nicht so aus, als würden hier regelmäßig Katzen-Wandler ermordet. Vielleicht werde ich die erste sein...

Nachdem ich die obligatorischen Versuche, mich von meinen Fesseln zu befreien, aufgegeben habe, lehne ich mich zurück und warte.

Endlich wird meine Langeweile durch das Eintreten des Sirons beendet. Es fällt mir auf, dass ich seinen Namen immer noch nicht kenne. Ist mir aber eigentlich auch egal. Ich werde ihm kaum ein Dankesschreiben für die Behandlung hier schicken.

»Ich hoffe, du sitzt bequem?«, fragt er mit künstlichem Lächeln und setzt sich auf einen hochlehnigen Schreibtischstuhl, der fast wie ein Thron aussieht.

»Erkennst du diesen Raum?«

Ich antworte nicht.

»Das soll wohl ‚nein‘ bedeuten. Interessant, wie gut die Konditionierung immer noch wirkt. Einige von uns – ich übrigens nicht - dachten, du würdest dich erinnern, sobald du nicht mehr unseren Stimuli ausgesetzt wärst, aber die hatten anscheinend Unrecht. Das freut mich irgendwie. Dann kann ich dich nämlich überraschen.«

»Wie – überraschen?«

»Mit der Wahrheit«. Er schnalzt mit der Zunge. »Aber wir sollten vielleicht erst ein paar Tests durchführen. Die willst du wahrscheinlich nicht mehr gerne machen, wenn ich dir alles erzählt habe.«

»Die mache ich jetzt auch nicht gerne«, grummele ich.

Er nimmt keine Notiz davon und steht auf. Er kramt in einer der Schreibtischschubladen, bis er ein paar Fotos gefunden hat. Es sind alte Aufnahmen, die Ecken sind vergilbt. Er hält mir eine vors Gesicht.

»Erkennst du die?«

Es ist eine Frau im Laborkittel, die Haare zu einem festen Knoten hochgebunden. Sie sieht verärgert aus und sehr vertraut. Eine jüngere Ausgabe von Großmutter Doktor. Ich werde aber den Teufel tun und diesen Namen laut aussprechen. Der hört sich für eine solche Person viel zu unschuldig an. Ich zerbreche mir den Kopf, wie denn ihr richtiger Name lautete, Griffon hat ihn erwähnt. Jane? Jasmin? Irgendetwas mit einem J... und dann Fitzroy.

»Doktor Fitzroy?«, frage ich, hauptsächlich, weil ich neugierig bin und ihn reizen möchte, mir weitere Erklärungen zu geben. Es ist nur gut, wenn er mir zusätzliche Informationen gibt; jede Einzelheit kann dazu beitragen, die Meute zu besiegen.

»Sehr gut. Und was ist mit dem hier?«

Auf dem nächsten Foto ist ein junger Mann zu sehen, auch im Laborkittel, der eine dicke Brille trägt und ein merkwürdig ausdrucksloses Gesicht zeigt.

»Keine Ahnung.«

»Merkwürdig«, murmelt er, kommentiert das aber nicht weiter.

»Und der?«

Wieder ein junger Mann, den ich nicht erkenne. Ich schüttele den Kopf.

»Und wie ist's mir der da?«

Er zeigt mir eine Aufnahme von mir selbst; ich sitze auf einer Bank in der Sonne.

»Sehr komisch.«

Er lächelt nicht. »Sieh genauer hin.«

Ich runzele die Stirn und schaue auf das Foto. Die Kleidung...Ich glaube nicht, dass ich solche Jeans besitze. Und ihr Haar ist länger als meins. Um ihre Augen liegt eine gewisse Traurigkeit, und diese dünnen Linien fehlen auf meinem Gesicht.

Das bin ich nicht.

Ich will nach dem Bild greifen, bin aber festgebunden. Voller Frust beuge ich mich so weit wie möglich nach vorne.

Die Frau auf dem Foto kann nicht einer der Klone sein. Sie ist so alt wie ich jetzt bin, vielleicht auch ein paar Jahre älter. Da aber alle meine Klone jünger sind als ich, bedeutet das, sie ist...

»Das Original«, flüstert der Siron mit dramatischer Betonung und bestätigt meinen Verdacht. »Die Vorlage für dich und alle anderen K-Subjekte.«

Ich kann meine Augen nicht von dem Bild abwenden. Das bin ich und bin es auch wieder nicht. Mit der Kleinen Kat war das anders. Sie ist eine jüngere Ausgabe meiner selbst, aber wenn ich sie anschaue, sehe ich mich nicht so, wie ich jetzt bin. Wahrscheinlich habe ich in ihrem Alter genauso ausgesehen. Aber daran kann ich mich nicht erinnern. Es ist ja nicht so, dass man sich jedes Mal, wenn man in den Spiegel schaut, das eigene Aussehen einprägt.

»Das Foto wurde an dem Tag gemacht, als wir dich erschaffen haben. Dein Geburtstag sozusagen. Unser Ziel war immer, dass du dasselbe Alter wie das Original erreichen würdest, damit wir dann unsere Messungen mit denen von vor zweiundzwanzig Jahren vergleichen könnten. Leider wirst du wohl nicht so lange überleben.«

Er sieht fast ein bisschen enttäuscht aus.

»Wenn ihr die Daten wollt, warum lasst ihr mich dann nicht leben?«

»Das würdest du nicht wollen. Was du in den vergangenen Tagen hier erlebt hast, wäre nur ein kleiner Vorgeschmack auf das, was dich erwarten würde. Du kannst dich glücklich schätzen, dass ich deine Schmerzen frühzeitig beende.«

Das klingt bedrohlich.

Ich fauche ihn an »Wie wär's, wenn du mir keine Schmerzen zufügst und ich dich dafür leben lasse?«

»Das wird nicht möglich sein. Wenn du unsere Forschungseinrichtung nicht zerstört hättest, hätten wir dich etwas länger am Leben lassen können; du hast jetzt aber bewiesen, dass du zu gefährlich und unberechenbar bist. Wir hatten immer damit gerechnet, dass du eines Tages die Meute angreifen würdest, aber wir hatten nicht daran gedacht, dass du dir Verbündete suchen könntest. Alle K-Subjekte wurden so erzogen, dass sie eigenständig sein sollten und keine persönlichen Beziehungen eingehen würden; wir waren über dieses Verhalten also einigermaßen überrascht. Angestellte zu rekrutieren, Freundschaften zu schließen, Kampfgenossen zu finden, das sind alles sehr ungewöhnliche Verhaltensweisen für jemanden deiner Art.«

Da liegt er falsch. Die Kleine Kat liebt die Gesellschaft anderer Leute. Ich mag nicht die Geselligste sein, aber sehe Vorteile darin, mit andern zusammenzuarbeiten, um ein Ziel zu erreichen. Hallo - wem will ich hier etwas vormachen? Nein, ich habe meine M.I.A.U.-Leute ausgesprochen gerne um mich herum. Sie sind meine Freunde, auch wenn ich mich immer noch frage, wie sie dazu wurden. Ich habe mich nie bewusst darum bemüht. Es ist einfach passiert.

Er zieht ein weiteres Foto aus dem Stapel und zeigt es mir. Darauf ist ein älterer Mann zu sehen, mit Zylinder auf dem Kopf und Narben im Gesicht, und den erkenne ich sofort. Der geheimnisvolle Unbekannte, der Mann, der M.I.A.U. erst möglich gemacht hat. Der mir das Geld dafür gegeben hat. Der mir sein Haus in seinem Testament vermacht hat. Von dem ich dachte, er sei ein Feind der Meute.

»Es sieht so aus, als ob du Professor Lakefield erkennst. Begrüße deinen Schöpfer.«

Ich starre den Siron an, während meine Welt um mich versinkt.

VIERZEHN

Die körperlichen Qualen, denen sie mich ausgesetzt haben, sind nichts im Vergleich zu den seelischen, die mein Herz fast zerspringen lassen. Alles war eine Lüge. Der geheimnisvolle Unbekannte, mein Gönner, hat für die Meute gearbeitet. Er hat mich *erschaffen*. Ich wurde wahrscheinlich auf seine eigenen Anweisungen hin zu ihm geschickt. Und ich bin darauf reingefallen!

Der Siron sagt nichts mehr, er überlässt mich meinen Gedanken. Er kramt herum, macht das wahrscheinlich absichtlich. Er will die Wahrheit einsinken lassen.

Ich bin nach Strich und Faden betrogen worden.

Ich war nie frei. Mein Leben war eine Illusion. Alles von demselben Mann fabriziert, der mich in einem Labor erschaffen hat. Sie haben mich zu ihm geschickt, um ihn umzubringen, aber das war nur ein Spiel. Er hatte immer geplant, mich irgendwann frei zu lassen, aber zu seinen Bedingungen. Sie wussten, dass ich vorhatte zu fliehen, und um das zu verhindern, haben sie mich an der langen Leine laufen lassen und mich in falscher Sicherheit gewiegt.

All die Fälle, die mir der Unbekannte gegeben hat, all die Leute, die ich getötet habe. Er sagte mir, einige von ihnen seien Teil der Meute, dass ihr Tod mich meinem Ziel näherbringen würde, die Meute zu vernichten. Jetzt, wo ich weiß, wer er war, kann ich mir unschwer vorstellen, wer meine Opfer wirklich waren. Wahrscheinlich Leute, die gegen die Meute gearbeitet haben. Und ich habe sie umgebracht. Ich war und blieb die Waffe der anderen.

Hatte er überhaupt eine Enkelin? Ist er wirklich gestorben und hat mir das Haus hinterlassen? Oder war das auch nur Teil des Spiels?

Mein Leben ist eine Lüge. Meine Freiheit eine Illusion. Ich bin nur eine Marionette, deren Fäden man einen Moment lang locker ließ; aber sie sind noch da, und in der Hand dieses Sirons sind sie jetzt wieder straff gespannt, bereit, mich zu kontrollieren und mich nach seinem Willen tanzen zu lassen.

Aber ich spiele nicht mehr mit.

Nie mehr.

Die Wahl, die ich zu treffen habe, ist klar. Ich kann mich ihm unterwerfen, ihn mich töten lassen, oder ich kann kämpfen und mein Leben zurückerobern. Es in neue Bahnen lenken. Und wenn ich dabei umkomme, dann ist das in Ordnung. Dann bin ich wenigstens im Kampf um meinen Traum gestorben.

Nie mehr.

Ich fauche den Siron an. »Es funktioniert nicht.«

Er scheint etwas aus der Fassung zu geraten.

»Wie meinst du das?«

»Dein Versuch, mich zu brechen. Ich weiß genau, was du vorhast, aber es funktioniert nicht. Ist mir doch egal, dass man mich betrogen hat. Egal, dass ihr meine Flucht zugelassen habt. Das alles war ein gutes Training für mich. Ihr habt mir geholfen, die Person zu werden, die ich jetzt bin. Jemand, der keine Angst mehr hat.«

Er zuckt mit den Schultern. »Es ist gleichgültig, was du denkst. Das einzig Wichtige ist, dass du wieder hier bist und ich die Kontrolle über dich habe. Die Gedanken in den letzten Momenten deines Lebens interessieren mich nicht.«

Ich lächele ihn an. »Tun sie doch. Das turnt dich an. Ich kann deine Erregung riechen. Du bist ein Psychopath, der sich am Leiden anderer ergötzt. Aber du kannst mich nicht mehr verletzen. Du hast mir gerade das Schlimmste erzählt, was ich mir vorstellen konnte. Was aber auch bedeutet, dass es nicht mehr schlimmer werden kann. Und hier sitze ich und lächele dich an.«

Er lässt seine Maske fallen. Er kann seine Gedanken nicht so gut verbergen wie ich und sieht enttäuscht aus. Richtiggehend niedergeschlagen.

Ich lache. »Dies sollte dein größter Triumph werden, und jetzt ist es deine größte Niederlage. Du dachtest, ich würde daran zerbrechen, aber im Gegenteil, es hat mir wieder Kraft gegeben.«

Ich fühle mich stark. Stärker als je zuvor. Als wäre in meinem Innern ein Schalter umgelegt worden, einer, von dem ich nicht wusste, dass er existiert. Da ist eine Kraftquelle in mir, auf die ich bis jetzt keinen Zugriff hatte. Ich schließe die Augen und ziehe meinen Panther an die Oberfläche. Nicht weit genug für eine Wandlung, aber weit genug, um mir Kraft zu verleihen. Diese Fesseln mögen stark genug sein, einen Menschen zurückzuhalten, aber mir können sie nicht standhalten.

Rohe Kraft pulsiert durch meine Adern. Ich hebe meinen linken Arm, und das Lederband reißt.

Der Siron stolpert zurück, die Augen weit aufgerissen. Wetten – damit hat er nicht gerechnet! Wahrscheinlich bedauert er, dass er seine Schläger nicht mit reingebracht hat. Er ist allein mit mir, einer wütenden Wandler-Katze, die nur noch eines im Sinn hat, Rache.

Er versucht zu fliehen, aber ich bin schneller. Meine Fingernägel werden zu Krallen und beseitigen problemlos die restlichen Fesseln. Ich bin wieder frei und bereit zu töten.

Knurrend springe ich auf und erreiche den Siron kurz bevor seine Hand den Türgriff berührt. Wir fallen zu Boden, ich bin auf seinem Rücken, und dann schlage ich meine Zähne in seinen Nacken. Er stinkt nach Angst. Griffon hatte recht, Sirenen sind die Drahtzieher, machen sich aber selten selbst die Hände schmutzig. Dieser Kerl hat wahrscheinlich keine einzige Waffe dabei.

»Denk immer dran«, zische ich ihm ins Ohr. »Ihr habt mich so gemacht. Ihr habt das selbst über euch gebracht.«

Dann wandle ich mich und reiße ihm die Kehle heraus.

Ich hinterlasse eine breite Blutspur. Der Siron war nur das erste Opfer. Dem ersten Kraftprotz habe ich den Bauch aufgerissen und zugeschaut, wie er versuchte, sein Gedärm am Platz zu halten. Es ist ein aussichtsloser Kampf, er wird einen langen, qualvollen Tod sterben. Und nicht einmal seine Selbstheilungskräfte dürften ausreichen, einen so großen Schaden wieder zu beheben. Der zweite Mann versuchte, mich mit der silbernen Stange zu stechen, aber ich habe ihm den Kopf abgerissen, bevor er mich berühren konnte. Zwei weiter Männer warteten oben an der Treppe auf mich. Ich riss ihnen die Kehlen auf und erfreute mich an den gurgelnden Lauten, mit denen sie mich mit ihren letzten Atemzügen verfluchten.

Ich bin mit Blut bedeckt, aber nicht mit meinem eigenen. Ich bin ein Killer, und ich habe gerade erst begonnen.

Das Haus ist jetzt leer, aber ich kann andere Menschen in der Nähe riechen und außerdem auch Ryker. Ich mache mir nicht die Mühe, durch die Tür zu gehen, sondern springe aus einem Fenster und ignoriere dabei die kleinen Glasschnitte auf meiner Haut. Die

Spur führt mich zu einem der Nachbarhäuser, es ist leuchtend blau gestrichen. Drei Männer und eine Frau erwarten mich im Garten, haben Schwerter gezogen und noch mehr von den Metallstäben, aber sie sind mir nicht gewachsen. Ich zerreiße sie, der Blutgeschmack macht mir nichts aus. Das Blut der Frau schmeckt süßlich, nicht ganz menschlich. Es ist wie von der Kleinen Kat beschrieben. Ich würde gern mehr davon trinken, aber weitere Menschen bereiten sich auf den Kampf mit mir vor, und ich muss sichergehen, dass keiner meinem Ryker etwas getan hat.

Ich stürme durch die offene Tür ins Haus. Danke, dass ihr die offen gelassen habt, ihr toten Leute. Der Korridor ist so eng, dass mich immer nur jeweils einer der Menschen angreifen kann. Dabei ist das Haus voll, es sind mindestens fünfzehn, wobei darunter auch einige der Mutanten sein können, deren Geruch ich nicht von dem der Menschen unterscheiden kann. Umso besser. Je mehr von ihnen ich hier umbringen kann, desto weniger können den Leuten, an denen mir etwas liegt, gefährlich werden.

Drei, vier, alle tot. Einem gelingt es, meine Haut mit seinem Dolch zu ritzen, aber das spüre ich kaum. Meine großen Pfoten steigen über ihre Leichen, meine Krallen sinken in ihr totes Fleisch. Eigentlich schade, dass mein Fell schwarz ist, da sieht man das Blut nicht so gut wie auf Lennox' weißem Haarkleid.

Ich atme tief ein und schnüffele. Ryker ist unten, wahrscheinlich wird er auch in einem Keller festgehalten, wie das bei mir in dem anderen Haus der Fall war.

Vielleicht hat er sogar dieselbe Zelle. Ich knurre beim Gedanken daran, dass mein stolzer Kater ein Gefangener ist. Den man hungern lässt; vielleicht sogar foltert.

Die Vorstellung allein lässt mich die Treppe hinunterstürmen. Ein Riese von einem Mann wartet am Fuß der Treppe und schwingt zwei Äxte auf einmal. Der wäre anfangs schon eine Herausforderung gewesen, aber jetzt nicht mehr. Ich springe, schwinge mich in der Luft zur Seite, um seinen Klingen zu entgehen und zermalme dann seinen Nacken zwischen meinen Kiefern. Er sinkt zuckend zu Boden. Da ich weiß, dass er zu den Mutanten gehört – allein seine Größe deutet darauf hin – reiße ich ihm den Kopf ab und stoße ihn wie einen Ball den Flur entlang.

Ein schwarzer, blank polierter Schuh stoppt ihn und drückt ihn auf den Boden. Ich schaue auf zu dem Mann, der da mein Spiel unterbricht. Noch ein Siron. Er sieht irgendwie vertraut aus mit seinem hellblonden Haarschopf und dem aufgedunsenen Gesicht. Er lächelt süffisant, als freue er sich an dem Blutbad, das ich angerichtet habe.

»Du solltest damit jetzt aufhören«, sagt er mit sanfter Stimme, die mich an den anderen Siron erinnert. »Du willst doch nicht, dass ich deinem Freund wehtue.«

Er hat einen vornehmen Akzent, ich könnte ihn mir als Politiker vorstellen, der Macht über die Menschen in dieser Stadt ausübt.

Ich knurre ihn an, bereit, ihm die Kehle durchzubeißen. Das mache ich gerne. Das spritzende Blut, das gurgelnde Geräusch, die Furcht in ihren Augen, wenn ihnen klar wird, dass es kein Zurück mehr gibt.

Ein wimmerndes Miau lässt mich innehalten. Ryker. Er hat Schmerzen.

Schaum bildet sich um meine Fangzähne. Sie lassen ihn leiden. Das werden sie mit dem Leben bezahlen.

»Einen Schritt weiter, und sie werden ihn töten.«

Vielleicht blufft er nur, aber selbst in meinem Ausnahmezustand will ich das Risiko nicht eingehen.

Ich verharre mit angespanntem Körper, jederzeit bereit zum Angriff, wenn es mir sicher erscheint. Nicht für mich, sondern für Ryker.

»Wie bist du entkommen?«, fragt er, obwohl ihm klar sein muss, dass ich in meiner Panther-Gestalt nicht antworten kann. »Egal, jetzt hab ich dich. Und eigentlich muss ich dir dankbar sein, dass du David getötet hast, der ging mir immer mehr auf die Nerven.«

Ich knurre. Er hat mich nicht. Dem unterwerfe ich mich doch nicht. Ich warte nur ab, bis Ryker nicht mehr unmittelbar in Gefahr ist.

Meine Sinne sagen mir, dass zwei Menschen mit Ryker in einem Raum hier in der Nähe sind. Das kann nicht dieselbe schalldichte Zelle sein, in der sie mich festgehalten haben, denn ich kann ihren Herzschlag hören und ihren Schweiß riechen. Sie haben Angst. Wunderbar, das erhöht den Spaßfaktor. Der Unterhaltungswert ist deutlich größer, wenn das Opfer vor seinem Tod in Panik gerät.

Zwischen mir und ihnen steht nur dieses blonde Arschgesicht.

Aber nicht mehr lange.

Ich knurre noch einmal und freue mich, dass das seinen Pulsschlag etwas beschleunigt. Er ist nicht so ruhig wie er tut. Und er sollte ruhig Angst haben. Ich bin *so* nah dran, ihm seinen Pimmel abzubeißen.

»Wandle dich zurück«, befiehlt er. » Dann können wir besprechen, wie's weitergehen soll.«

Ich ziehe die Lefzen hoch und zeige ihm stattdessen meine scharfen Zähne. Keine Chance, dass ich mich wandle. Ich habe mich selten so lebendig gefühlt, so am richtigen Ort in meinem Panther-Körper. Das bin ich, die wahre Kat.

Schritte kommen hinter ihm näher und einen Moment später biegt einer der Wachen um die Ecke. Er ist das bisher größte Exemplar, seine Schultern sind so breit, dass sie die Wände des Gangs berühren. Wie der wohl Kleidung in seiner Größe findet?

»Brauchen Sie Hilfe, Sir?«, fragt er mit kräftiger, tiefer Stimme. Er hört sich recht intelligent an für einen dieser Schlägertypen.

»Ja, bleib hier. Das Kätzchen will mir seine Krallen zeigen.«

Hat dieser Mistkerl gerade Kätzchen gesagt?

Ich mache einen Satz nach vorne, denke gar nicht mehr nach. Meine Krallen fahren über sein Gesicht und reißen ihm dabei ein Auge aus. Mit meinen Hinterbeinen stoße ich den großen Kerl weg, bringe ihn dazu, nach hinten zu stolpern. Ich kann ihn nicht umwerfen, aber so gewinne ich Zeit, mein Maul um den Hals des blonden Mannes zu legen und zuzubeißen.

Ich muss mich beeilen, Ryker könnte in Gefahr sein. Ich werfe mich auf den Großen, der aber zückt plötzlich ein Messer und hält es vor sich. Ich kann nicht rechtzeitig stoppen und spüre, wie es meine Bauchdecke aufschlitzt.

Ich heule auf vor Schmerzen, was aber nur ein schwaches Echo des erstickten Geräuschs ist, dass der Mann von sich gibt, als ich meine linke Hinterpfote in seine Eier stoße und dabei meine Krallen so weit ausfahre wie es geht. Diesmal haut es ihn um, er landet auf dem Rücken und grunzt bei dem Aufprall. Dann reiße ich meine Krallen nach unten, und er kann nur noch schreien, als ich seinen Schwanz von seinem elenden Körper trenne.

Als Zugabe, beiße ich ihm die Kehle durch und reiße ihm den Leib auf, dann begutachte ich erst einmal meine eigene Wunde. Sie ist tief, es ist aber wohl kein lebenswichtiges Organ getroffen worden. Ich blute stark, aber das wird heilen. Im Moment kann ich nichts weiter tun. In meiner Panther-Gestalt wird die Heilung schneller gehen.

Die Verletzung macht mich zwar langsamer, stoppt mich aber nicht völlig. Ich beiße die Zähne zusammen, versuche die Schmerzen auszublenden und folge Rykers Geruch. Ein Mensch ist noch bei ihm. Trotz meiner Wunde dürfte das kein Problem sein. Im Gegenteil, ich sehne mich schon nach meiner nächsten Beute. Mein Durst nach Rache ist noch längst nicht gestillt. Es wird noch mehr Tote geben, viele.

Als ich um die Ecke biege, kommt mir ein magerer

Mann entgegen und schwingt zwei Krummschwerter. Enttäuschend, das ist nicht mal einer der Riesen. Er sieht wie ein Mensch aus und riecht auch so. An seinen Händen klebt Blut, aber das stammt nicht von einem Menschen. Mein Herz schlägt schneller. Dieser Mann hat Ryker verletzt. Das zahle ich ihm doppelt und dreifach heim.

Ich werfe mich auf ihn und versuche nicht an den stechenden Schmerz in meinem Bauch zu denken. Es ist einfach Mist, verwundet zu sein. Zum Glück passiert mir das nicht oft.

Er ist schnell, weicht mir aus, indem er sich auf den Boden fallen lässt und eine elegante Rolle rückwärts macht. Er springt in die Hocke, seine Messer auf mich gerichtet. Ich bin beeindruckt. Allerdings nicht genug, um ihn leben zu lassen. Knurrend springe ich ihn wieder an, strecke eine Pfote aus, um seinen Angriff abzuwehren und schlage mit der anderen zu. Er dreht sich nach rechts, aber nicht schnell genug, um meinen scharfen Krallen zu entgehen. Sie fahren durch seine Kleider und reißen seine Haut auf, eine Brustwarze wird zweigeteilt. Das tut mir fast ein bisschen leid. Ich hätte es auch nicht gern, wenn mir jemand die Brustwarzen halbieren würde.

Der Mann schreit, und ich nutze diesen Moment, in dem er abgelenkt ist, und senke meine Klauen tief in seine Brust. Er macht einen schwachen Versuch, seine Messer zu heben, aber es ist zu spät. Ich reiße ihm den Brustkorb auf, lege sein Herz frei. Es schlägt noch einmal, der schönste Muskel des Körpers zieht sich ein letztes Mal zusammen, dann setzt es zuckend aus. Der Mann ist tot, und ich muss mich beherrschen, dass ich sein Herz nicht aufesse.

Verdammt, ich muss mich wieder mehr auf meine menschliche Seite konzentrieren. Ich werde zu raubtierhaft.

Aber dann höre ich Ryker schreien, und diese Gedanken lösen sich genauso schnell in Luft auf, wie sie gekommen sind.

Er braucht mich, nicht meine menschliche Seite, sondern das Raubtier in mir – ich werde ihn retten.

FÜNFZEHN

Rykers Zelle ist nicht so strahlend weiß wie meine. Die Wände hier sind grau, und er hat sogar einen Eimer zur Verfügung, nicht nur einen Abfluss. Echter Luxus.

Andererseits ist er mit einer dicken Eisenkette an den Boden gekettet. Wie im Mittelalter. Sie haben ihm eine Manschette um den Hals gelegt, aber ich stelle erleichtert fest, dass es keines der Gehirnwäsche-Halsbänder ist. Dieses hier scheint ein normales Metallband zu sein, das man ihm nur umgelegt hat, um ihn körperlich unter Kontrolle zu halten. Seine Handgelenke sind mit bronzenen Bändern gefesselt. Die kenne ich. Sie verhindern, dass man seine Gestalt wandeln kann. Ich frage mich, warum sie mir die nicht umgelegt haben. Vielleicht wussten sie, dass ich durch das Hungern zu schwach sein würde zum Wandeln. Das hat funktioniert, bis sie mich gebrochen haben und dabei die

Schranke zerstörten, die mich daran gehindert hatte, meine volle Kraft zu entfalten. Das bedeutet nicht, dass ich keinen Hunger habe, aber ich werde nicht so schnell deswegen umfallen.

Ryker liegt zusammengekrümmt auf dem Boden, aber sein Herz schlägt regelmäßig. Er ist hoffentlich nur bewusstlos.

Ich stoße ihm mit dem Kopf in den Rücken. Er stöhnt. Seine Augenlider öffnen sich zitternd, er scheint aber zu erschöpft zu sein, um sie lange aufhalten zu können. Was haben sie mit ihm gemacht? Er hat vor kurzem erst vor Schmerzen geschrien. Ob das eine dieser Stangen war? Das würde erklären, warum er so benommen ist. Armes Kätzchen. Aber wie zum Teufel soll ich ihn hier rausbekommen? Er ist zu schwer zum Tragen. Wenn er Katzen-Gestalt hätte, könnte ich ihn an seinem Nackenfell packen, wie Panther-Mütter das mit ihren Jungen tun. Dafür müsste ich aber erst einmal seine Fesseln öffnen können, und das geht nur in menschlicher Gestalt. Das ist aber noch zu gefährlich. Wer weiß, in welchem Zustand ich nach solch einer Wandlung sein werde.

Es fällt mir nicht leicht, das zuzugeben – aber ich brauche Hilfe.

»Ich komme zurück«, miaue ich zu Ryker gewandt. Sein Mund zuckt, als würde er versuchen zu sprechen, aber er ist zu schwach. Wenn ich nicht schon alle in diesem Haus umgebracht hätte, würde ich es jetzt mit Vergnügen tun.

Ich reibe ein letztes Mal meine Nase an seiner Haut,

dann kehre ich um, laufe die Treppe hinauf und in den Garten hinaus. Blutige Leichen starren mir anklagend entgegen. Noch immer voller Rachegefühle trete ich eine und miaue dann so laut ich kann, rufe alle Katzen in der Umgebung.

Es dauert nur dreißig Sekunden, bis die erste erscheint, ein grau getigerter Kater mit einem fehlenden Ohr. Er senkt den Kopf, als er sich nähert. Ein höfliches Tier. Ich mag ihn.

»Gehörst du zu Ryker?«, frage ich und verschwende keine Zeit auf eine Vorstellungsrunde.

»Ich nicht, aber ich kenne Katzen aus seiner Gruppe. Wie kann ich helfen?«

Interessant, eine Katze, die nicht Rykers weit verzweigter Familie angehört. Was ihn wohl daran gehindert hat, sich der Gruppe anzuschließen? Vielleicht ist er ein Eigenbrötler. Ich hoffe nur, dass man ihm trauen kann.

»Du musst ein paar von Rykers Katzen finden und ihnen sagen, sie sollen Kats Menschenfreunde mitbringen. Sie wissen dann Bescheid. Und sag ihnen, sie sollen sich beeilen.«

»Was bekomme ich dafür?«

Ächz. Katzen!

»Eine Monatspackung Katzenminze«, biete ich widerstrebend.

»Abgemacht.«

»Beeil dich«, mahne ich ihn. »Das ist wirklich wichtig.«

Der Getigerte nickt und springt davon. Ich hoffe so sehr, dass er diese Aufgabe erledigen wird.

Während ich warte erkunde ich die Umgebung. In den Nachbargebäuden sind ein paar Menschen, aber keiner ist Benjamin, und sie riechen auch nicht, als wären sie je mit den von mir Getöteten in Kontakt gewesen. Auch wenn mich mein Blutdurst fast dazu treibt, jeden einzelnen Menschen in dieser Straße zu töten, ist mein Wunsch, Ryker zu beschützen und in seiner Nähe zu bleiben doch stärker.

Ich sehe mich in dem Haus um und hoffe, auf eine Duftspur von Griffon zu stoßen. Ryker habe ich gefunden, aber mein Siron ist noch nicht wieder aufgetaucht. Nach dem zu urteilen, was der andere Siron gesagt hat, müsste er aber noch am Leben sein. Sobald wir Ryker an einen sicheren Ort gebracht haben, werde ich mich auf die Suche nach Griffon machen.

An einen sicheren Ort – ich schnaube und schüttele mich, zerzause mein Fell. Unser M.I.A.U. Hauptquartier wird nicht mehr sicher sein. Es ist Teil ihres Plans, der Lüge, die mich daran glauben ließ, ich hätte ein eigenes Zuhause. Das ist vorbei. Das Geld der Meute hat für dieses Haus bezahlt, also will ich es nicht mehr. Es ist nicht verwanzt, das habe ich überprüft, als ich eingezogen bin. Was aber nicht bedeutet, dass wir nicht unter Beobachtung stehen. Und wer weiß, was für Überraschungen die in dem Gebäude versteckt haben. Ich an ihrer Stelle hätte Vorkehrungen getroffen, die es ermöglichen, das Experiment abzubrechen, wenn es fehlschlagen sollte. Zum Beispiel

Sprengstoff unter dem Haus. Hoffen wir mal, dass die nicht so gedacht haben; andererseits habe ich lange genug bei der Meute gelebt um zu wissen, dass sie genauso ticken.

Wenn Ryker wieder bei Bewusstsein ist, müssen wir unsere Habseligkeiten dort rausholen und uns nach einer neuen Bleibe umsehen. Mir wird ganz schwach bei dem Gedanken. Zum ersten Mal im Leben hatte ich ein Heim. Einen Ort, an dem ich mich sicher gefühlt habe. Ich habe mein eigenes kleines Killer-Hauptquartier eingerichtet.

Und das alles haben sie mir genommen.

Als wäre es nicht genug, mich mit einer Wahrheit zu konfrontieren, die mir das Herz brechen würde. Nein, sie mussten mir auch noch mein Heim nehmen.

Es ist noch keine Katze in Sicht, also gehe ich wieder in den Keller und kuschele mich an Ryker. Er stöhnt leise, kann aber noch immer nicht sprechen. Ich lege mich schützend um ihn herum und hoffe, dass er meine Gegenwart spürt.

»Du bist jetzt in Sicherheit«, flüstere ich so leise, wie das einem Panther möglich ist. »Ich werde dafür sorgen, dass sie uns nie wieder etwas antun können.«

Das werde ich. Ich werde ein neues Zuhause für uns finden. Ich werde die Meute vernichten. Und ich werde meine Schwestern retten.

Bevor die anderen kommen, hat Ryker angefangen sich zu bewegen. Mir ist nicht nach Aufstehen zumute.

Mein Bauch tut weh; die Wunde heilt nicht schnell genug. Wenn jetzt jemand von der Meute zurückkäme, würde es mir schwerfallen, uns zu verteidigen. Zum Glück erkenne ich am Geruch, dass es mein Team ist, noch bevor sie im Keller angekommen sind.

Ich kann mich kaum umdrehen, da hält mich Lennox schon fest in seinen Armen umschlungen. Er lässt seine Finger durch mein Fell gleiten und sagt mir nur durch die Berührung, wie sehr er mich vermisst hat.

Beth kniet an Rykers Seite und untersucht den Kater, während Lily eine Hand zu Lennox' hinzufügt und mich streichelt.

»Du bist verletzt«, murmelt sie. »Das sieht nicht gut aus.«

Fühlt sich auch nicht gut an. Eigentlich sollte die Entzündung jetzt abnehmen, aber ich glaube, es wird schlimmer. Ich hoffe nur, auf den Messerklingen war kein Gift. Ich habe keines gerochen, bin mir aber im Klaren, dass das nichts heißen muss. Die Meute hat Asse im Ärmel, von denen ich nichts weiß. Wie die Mutanten, die wie Menschen riechen, aber über Fähigkeiten verfügen, die sonst nur Wandler haben.

»Ist Griffon auch hier?«, fragt Lily. Ich schüttele müde den Kopf. Lennox nutzt den Moment und hebt meinen Kopf in seinen Schoß, dann krault er mich hinter den Ohren, genauso, wie ich es mag.

»Wenigstens haben wir euch beide zurück«, sagt Lennox mit merkwürdig erstickter Stimme. Geht ihm das so nahe? Oh, wie süß. Mein Wolf hat mich vermisst.

»Es scheint ihm gut zu gehen, er ist nur erschöpft«,

berichtet Beth, nachdem sie Ryker untersucht hat. »Wir sollten euch allerdings bald hier raus bringen, damit ihr euch erholen könnt. Es gibt da nur ein Problem...«

Ich sehe sie mir zum ersten Mal genauer an. Irgendetwas an ihr ist verändert, und ich glaube nicht, dass es Absicht war. Nicht einmal Bethany würde sich die Haare schneiden lassen, während ihre Freunde vermisst werden.

Sie verzieht das Gesicht, als sie mich auf ihre Haare starren sieht. Die eine Hälfte fehlt. »Ja, genau. Wir hatten da ein kleines Feuer...«

Ich knurre frustriert. Die Meute hat mein Zuhause angegriffen, während ich in ihrer Gefangenschaft war.

Lennox intensiviert das Kraulen, um mich zu beruhigen. »Das Haus steht nicht mehr«, flüstert er. »Wir haben ein paar Dinge retten können, aber man kann nicht mehr drin wohnen. Wir haben alle Forschungsarbeiten verloren, die Bethany zu den Klonen gemacht hat. Benjamin...«

Ich hebe überrascht den Kopf. Benjamin ist bei ihnen?

»Ja, er konnte entkommen«, beantwortet Lennox meine unausgesprochene Frage. »Sie haben ihn unterschätzt, meinten, er sei nur ein schwacher Mensch. Er kam vor drei Tagen zurück zu uns. Im Moment hält er Wache vor unserem neuen Heim«

Ich habe so viele Fragen, aber ich bin müde, so müde. Meine Augenlider fallen zu und ich döse vor mich hin, höre kaum noch die Stimmen meiner Freunde um mich herum. Ich muss meine Kraft zurückgewinnen, bevor ich mich wandeln kann und von hier fort komme, aber zumindest habe ich alle getötet, die uns gefährlich werden könnten.

Irgendwann wird Ryker aus meinen Armen genommen. Ich kämpfe dagegen an, will ihn instinktiv festhalten, aber Lennox' kräftiger Griff verhindert das.

»Du musst dich wandeln«, flüstert er sanft. »Ich kann dich sonst nicht nach Hause tragen.«

Ich kann laufen, versuche ich zu sagen, aber nicht einmal ein einfaches Miau kommt über meine Lippen. Schmerzen schießen durch meinen Bauch, wenn ich nur versuche, mich aufzurichten. Und meine Augen sind immer noch geschlossen. So geht das nicht. Ich lasse mich wieder auf den harten Boden fallen und hasse die Schwäche, die plötzlich auf meinen Gliedmaßen lastet. Es ist noch gar nicht lange her, da habe ich mich so stark gefühlt wie noch nie in meinem Leben. Jetzt ist das Gegenteil der Fall.

»Wandle dich, Kat. Bitte, tu's«.

Ich kann nicht. Ich habe nicht genug Energie, um den Prozess zu beginnen. Die Wunde saugt alle Kraft aus mir heraus, macht mich müde und lähmt mich. Das muss Gift sein. Hoffentlich hat Bethany ein Gegenmittel. Oh nein. Unser Haus ist abgebrannt. Hat sie von ihren Vorräten etwas retten können? Was, wenn sie keine ihrer Gifte und Gegengifte mehr hat? Das wäre ein herber Schlag für M.I.A.U., und für mich in meiner jetzigen Situation eventuell ein Todesurteil.

»Was, wenn wir ihr die Handschellen anlegen? Würde sie das zwingen, sich wieder zu wandeln?«

Nein, will ich knurren. Das ist eine Schnapsidee.

Aber die Worte lassen sich so schwer formen. Ich dämmere weg und nehme nicht mehr wahr, was um mich herum vor sich geht.

Mein letzter bewusster Gedanke ist, dass dies mein letzter sein könnte.

SECHZEHN

Als ich aufwache, liege ich zwischen zwei warmen Körpern eingeklemmt. Mir ist fast zu warm, aber ich will trotzdem nicht aufstehen.

Statt zu sprechen und diesen Moment des Glücks zu zerstören bleibe ich einfach liegen und lausche ihren Herzschlägen und genieße die Berührungen. Irgendwie freue ich mich, noch am Leben zu sein. Mein Bauch tut nicht mehr weh, also hat sich mein Körper wohl selbst geheilt oder Bethany hat da etwas nachgeholfen, vielleicht mit Unterstützung der anderen.

»Bist du wach?«, murmelt Ryker verschlafen.

»Mmmmmmmhmm.«

Weiter reichen meine stimmlichen Möglichkeiten momentan nicht. Ich möchte ihn fragen, wie es ihm geht, spüre aber keine Stress- oder Schmerz-Signale von ihm ausgehen, Atem und Herzschlag sind regelmäßig.

Also geht es ihm gut. Der großen dicken Katze im Himmel sei Dank.

»Wie fühlst du dich?«, flüstert Lennox hinter mir. Sein heißer Atem streichelt meinen Nacken – köstlich. Vielleicht kann ich ihn dazu bringen, mich da zu lecken. Und mir dann noch weitere Streicheinheiten zu geben, solange ich mich nur nicht bewegen muss.

»Mmmmhmmmm.«

Er kichert. »Dann nehme ich mal an, du meinst damit ‚gut‘. Willkommen zurück unter den Lebenden«.

»Mmmhm?«

»Die Klinge, die dich verletzt hat, war vergiftet. Zum Glück hatte Bethany einige Gegenmittel hier, aber damit wir dich aus dem Haus tragen konnten, musste Lily dir Handschellen anlegen. Dadurch haben sie dich dazu gebracht, eine Wandlung zu vollziehen, aber das sah nicht toll aus.«

Ich versuche, mich zu erinnern, aber alles liegt irgendwie im Nebel. Was sicher nicht das Schlechteste ist. Hört sich so an, als ob das wehgetan hat; sehr sogar.

»Kurz und gut, wir haben euch beide hierher gebracht, und Bethany hat es dann geschafft, das Gift aus eurem Blut zu entfernen. Dein Körper war danach aber echt kalt, also haben wir uns als Freiwillige gemeldet, dich etwas aufzuwärmen.«

Ryker lacht leise. »Das war ein großes Opfer.«

Jede Wette. Es ist so angenehm, wie ihre Körper sich exakt um meinen schmiegen. Jetzt fehlt nur noch Griffon.

»Wo sind wir?«, murmele ich verschlafen und noch mit verwaschener Aussprache.

Lennox zuckt zusammen. »In unserer neuen Bleibe. Es ist ein großer Planwagen. Benjamin hat ihn von einem Zirkusmenschen gekauft, den er kannte. Wir dachten, es könnte ein Vorteil sein, ein bewegliches Zuhause zu haben.«

Ein verdammter Zirkuswagen. Vor ein paar Tagen hatte ich noch ein großes Haus, war froh und glücklich damit und hatte vor, es weiter zu renovieren. Jetzt sind wir mehr oder weniger obdachlos.

Und daran ist die Meute schuld. Ich werde für ihren Niedergang sorgen, sie eins nach dem anderen auseinandernehmen. Sie in Stücke reißen. Und dafür sorgen, dass sie wissen, wer sie vernichtet hat.

Und dann werde ich froh und glücklich sein. Sicher. Zum ersten Mal in meinem Leben werde ich mich wirklich sicher fühlen. In meinem alten Zuhause war ich nah dran an diesem Gefühl, konnte mich aber nie vollkommen entspannen. Da war immer noch die Gefahr, dass etwas passieren könnte, dass die Meute hinter mir her wäre.

Jetzt hat sich bestätigt, dass ich sie mit Recht gefürchtet habe.

Lennox legt seinen Arm um meine Taille und zieht mich dichter an sich heran. »Wir machen das hier zu unserem Zuhause, bis wir etwas Besseres gefunden haben. Zumindest sind wir jetzt alle zusammen.«

»Nein, sind wir nicht. Griffon ist nicht hier.«

Die beiden Männer schweigen.

»Was? Ist er entkommen?«

»Kat«, sagt Ryker sanft und sehr vorsichtig, so als erwarte er jeden Moment, dass ich explodieren könnte. »Meine Katzen haben ihn gesehen. Er lief in der Nähe des Hauptquartiers der Meute herum. Alleine. Unbeaufsichtigt. Tut mir leid, aber sie sagten, er habe nicht wie ein Gefangener ausgesehen.«

»Dann müssen sie sich irren«, fahre ich ihn an und klinge aggressiver als beabsichtigt. »Die haben Fotos von mir gemacht als Beweis, dass ich noch am Leben bin. Sie haben ihn erpresst und ihn gezwungen zu tun, was sie wollten.«

»Warum ist er dann noch nicht wieder da?«, fragt Lennox, bemüht um neutralen Tonfall. »Er müsste mittlerweile wissen, dass du entkommen bist. Du hast mehr als ein Dutzend Leute umgebracht, das dürfte sich schnell herumgesprochen haben. Wenn du das einzige Druckmittel warst, das sie gegen ihn in der Hand hatten, dann müsste er spätestens jetzt wieder hier sein.«

»Vielleicht haben sie ihn gefangengenommen, als sie hörten, dass ich entkommen bin. Vielleicht sitzt er jetzt in einer Zelle und wartet darauf, dass wir ihn befreien.« Ich balle die Hände zu Fäusten und zwinge mich, selbst daran zu glauben. »Oder er sucht uns gerade. Er könnte in unserem alten Haus sein und nicht wissen, wo wir sind. Wir sollten zurückgehen und ihm eine Nachricht hinterlassen. Damit er weiß, wo er uns finden kann.«

»Meine Katzen behalten das Haus im Auge«, unterbricht mich Ryker. »Er war nicht dort. Falls er tatsächlich kommt, werden ihn meine Katzen zu uns führen, keine Sorge. Aber bisher hat er sich nicht blicken lassen.«

»Dann haben sie ihn eingesperrt«, flüstere ich. »Wir müssen ihn rausholen.«

Lennox räuspert sich. »Kat, könnte es möglich sein, dass Griffon gemeinsame Sache mit denen gemacht hat? Dass er zu ihnen gehört? Dass er nur zu unserer Gruppe gestoßen ist, weil er uns ausspionieren wollte?«

Mir dreht sich der Magen um. Nein, das will ich nicht glauben. Nicht Griffon. Er ist mein Freund, und mehr als das. Wir standen nackt voreinander, wir haben uns gegenseitig auf jede nur mögliche Weise erfahren. Ich kenne ihn, und ich weiß, dass er kein Verräter ist.

»Nein«, sage ich nur. »Nein.«

Keiner der Männer sagt ein Wort, und ich hasse sie dafür. Sie sollten mir ihrerseits versichern, dass Griffon einer von uns ist, dass er uns nicht verraten hat, aber ihr Schweigen spricht Bände.

Ich richte mich auf und verlasse ihre wohltuende Wärme. »Es gibt nur einen Weg, das herauszufinden. Wir müssen ihn finden.«

Ryker gähnt und zieht die Decke über sich. »Ihn zu finden ist nicht das Problem, meine Katzen haben das schon erledigt. In seine Nähe zu kommen, ohne gesehen zu werden, ist die Schwierigkeit. Er ist in ihrem Hauptquartier, und sie haben die Zahl der Wachtposten erhöht. Ich sehe keine Möglichkeit, sich da einzuschleichen.«

Ich schnaube. »Ich gebe ihn nicht so schnell verloren. Ich werde einen Weg finden, mit ihm in Kontakt zu treten, ihr werdet schon sehen. Und ich werde euch beweisen, dass er mich nicht verraten hat, uns alle nicht.«

Ich klettere aus dem Bett, das eigentlich nur eine große Matratze auf dem hölzernen Boden des Wagens ist. An drei der Wände gibt es Fenster, alle mit hübschen roten Vorhängen behängt. Einige eingebaute Regale und Schubkästen sind die einzigen Möbel. Ich hoffe, dies ist nicht das einzige Schlafzimmer in unserer neuen Unterkunft. Es ist in Ordnung, dass ich es mit meinen Männern teile, aber die anderen Mitarbeiter von M.I.A.U. sollten nicht auch noch hier übernachten.

Falls sie überhaupt bei mir bleiben wollen. Die Meute wird an ihnen nicht so interessiert sein wie an mir. Wenn sie weggingen, könnten sie wahrscheinlich ein schönes, ruhiges Leben führen. Nochmal von vorne anfangen. Vielleicht auch ihr eigenes M.I.A.U. 2.0 gründen.

Der Gedanke lässt mich erschauern. Ich würde sie vermissen. Noch vor nicht allzu langer Zeit hätte ich nicht zugegeben, wie einsam ich mich ohne sie fühlen würde, aber im Moment ist mein Herz wie eine blutende Wunde, und ich bin viel emotionaler als mir guttut. Aber zumindest diese Sache mit der Rolligkeit scheint erledigt zu sein. Es geht doch nichts über Entführung und Folter als Behandlung für diese Art von Hitze. Es überrascht mich andererseits nicht mehr, dass die meisten Katzen es vorziehen, diesen schrecklichen hormonellen Tsunami zu durchleben als ein solches Catnapping mitzumachen.

Vom Schlafzimmer gelange ich direkt in den Wohnbereich mit einer Küchenzeile auf der rechten Seite. Eine lange Bank steht hinter dem Tisch versteckt, ein Kissen und eine Decke liegen auf einem Haufen in der Ecke. Hier muss vergangene Nacht jemand geschlafen haben. Ich schnüffele – Benjamin.

Eine Tür am anderen Ende dieses Durchgangszimmers führt in ein winziges Badezimmer und zu einem zweiten Schlafraum. Der riecht nach Lily und Bethany.

Die beiden sind allerdings nirgends zu sehen. Die Männer und ich sind alleine.

Mein Magen macht sich grummelnd bemerkbar, und mir fällt jetzt erst auf, dass ich ewig nichts gegessen habe. Ich gehe zurück in die Küche und mache eine große Kanne Tee und durchforste dabei schon mal die Schränke nach Essbarem. Das Geschirr, das ich dabei entdecke, ist abgestoßen und offensichtlich schon seit vielen Jahren in Gebrauch; es könnte so manche Geschichte erzählen.

Ich nehme ein paar kochbare Zutaten und werfe sie alle in einen Topf. Im Moment ist mir ziemlich egal, ob man Kartoffeln, Rüben und halb vertrocknete Zwiebeln miteinander kombinieren kann. Als dieses Gemüse beinahe gar ist, füge ich noch zwei Eier hinzu und an Gewürzen, was die Döschen so hergeben. Die meisten sind nicht beschriftet, ich kann also nur hoffen, dass ich uns nicht vergifte.

Ryker kommt zu mir und deckt schweigend den

Tisch. Er schenkt zwei Gläser mit Wasser ein und eines mit Milch. Ich hoffe, die Milch ist für mich, nicht für ihn.

Als ich diese merkwürdige Eintopf-Zusammenstellung auf die nicht zusammenpassenden Suppenteller verteile, kommt Lennox aus dem Schlafzimmer, nur mit einer Boxer-Shorts bekleidet. Sein muskulöser Oberkörper scheint mich zu necken und erinnert mich daran, dass die Sache mit der Hitze vielleicht doch noch nicht vorbei ist.

Ich wende den Blick ab und fange an zu essen. Ryker schiebt mir das Glas mit der Milch hin. Braves Kätzchen. Ich trinke es in einem Zug aus, bevor ich mir weiter Essen in den Mund schaufele. Ryker scheint ähnlich ausgehungert zu sein, während Lennox uns mit amüsiertem Lächeln zuschaut.

»Ich hole dir noch mehr Milch«, sagt er glucksend und füllt mein Glas. Braves Hündchen.

Wir essen schweigend, aber es ist keine feindselige Stille. Ich verstehe schon, warum die beiden Zweifel an Griffon haben. Sie kennen ihn nicht so gut wie ich. Sie haben nicht mit ihm geschlafen ... hoffe ich zumindest. Das würde wieder alle möglichen Fragen aufwerfen.

»Das schmeckt überraschend gut«, sagt Ryker zwischen zwei Bissen. »Ist da Kardamom mit drin?«

Ich zucke mit den Schultern. »Nicht die geringste Ahnung. Wenn eines dieser Gläschen voll Kardamom ist, dann könntest du recht haben.«

»Mit dem Kochen hat sie's nicht so«, flüstert ihm

Lennox zu. »Du kannst schon froh sein, dass sie uns die Kartoffeln nicht roh gegeben hat.«

Ich knurre ihn an. »Das war nur ein Mal.«

»Zweimal. Weißt du noch, wie du die Küche saubermachen musstest und die Gelegenheit genutzt hast, den Essensplan der Meute etwas durcheinander zu bringen?«

»Ja, doch, ich erinnere mich. Hat Spaß gemacht.«

Ich grinse bei dem Gedanken daran. Damals schnitt ich die meisten Kartoffeln, die für später beiseitegelegt worden waren, in kleine Stücke. Dann streute ich so viel Salz darüber, dass sie ungenießbar wurden – bevor mir einfiel, dass ich Hunger hatte. Also steckte ich einige der rohen Kartoffeln in die Tasche, um sie mit Lennox zu teilen.

Wir haben viele solche Dinger gedreht. Meistens war ich es, besonders, nachdem Lennox wegegelaufen war. Natürlich gab es immer Konsequenzen, aber das war es mir wert.

»Ist die Kleine Kat in Sicherheit?«, frage ich, nachdem ich den zweiten Teller Gemüse verschlungen habe.

Lennox nickt. »Ich war jeden Tag bei ihr. Sie weiß nicht, dass du in Geiselhaft warst; sie glaubt, dass du in geheimer Mission unterwegs bist. Das ist besser so.«

»Ich verstehe. Ich gehe zu ihr, sobald ich Griffon befreit habe.«

Die Männer werfen sich einen vielsagenden Blick zu, sagen aber nichts. Besser so. Ich würde ihnen ungern wehtun.

»Ryker, beobachten ihn deine Katzen noch?«

Er nickt.

»Frag sie, wo er gerade ist und sag ihnen, sie sollen mich zu ihm führen. Ich würde mich ja wandeln, aber mein Gefühl sagt mir, dass ich meine Kraft noch brauchen werde.«

»Das ist zu gefährlich«, sagt Lennox bedächtig, als habe er Angst, ich würde ihn anspringen, wenn er etwas Falsches sagt. »Du musst dich ausruhen und wieder vollständig erholen. Sieh dich nur an, du bist nur noch Haut und Knochen und blasser als ein Gespenst. Du musst hierbleiben, viel essen und die Sonne genießen.«

Ryker lacht hämisch. »Du weißt aber schon, mit wem du da redest?«

Der Wolf starrt ihn nieder. »Klar weiß ich das. Aber die Hoffnung stirbt zuletzt. Tief im Innern könnte Kat noch einen Rest Selbsterhaltungstrieb haben.« Er sieht mich mit traurigen Hundeaugen an. »Bleibst du hier, wenn ich dich darum bitte? Versprichst du mir, dich nicht in Gefahr zu begeben?«

Mein Herz schreit ja, ich soll diesem treuen Hundeblick nachgeben, aber ich kann nicht. »Ich würde das auch für dich tun«, sage ich mit erstickter Stimme angesichts seiner tiefen Gefühle. »Für euch beide. Ich würde euch nicht im Stich lassen, und kann das bei Griffon auch nicht. Er gehört zu mir wir ihr, und ich schütze, was mir gehört.«

Zu jeder anderen Gelegenheit hätten sie wahrscheinlich laut protestiert, wenn ich sie zu meinem Besitz deklariert hätte, aber jetzt sind sie so klug und widersprechen nicht.

Lennox hält meinen Blick gefangen und nickt dann. »Ich komme mit.«

»Nein, das geht nicht. Die Meute wird dich auch haben wollen, genau wie Ryker. Wir können uns nicht alle drei auf dem Silbertablett anbieten.«

Ryker steht mit einem so heftigen Satz auf, dass sein Stuhl umfällt. »Und wir sollen zusehen, wie du dich in ihre Hände gibst?« Er schreit beinahe, die Wut steht ihm ins Gesicht geschrieben. »Und wir sollen daneben stehen und zuschauen, wie du dich opferst?«

Ich fasse nach ihm, um ihn zu beruhigen, aber er stößt meine Hand weg.

»Du kannst nicht gehen, Kat, ich lasse das nicht zu.« Er seufzt, und seine Stimme wird ruhiger. »Ich will dich nicht verlieren. Du hast mich zu dem gemacht, der ich jetzt bin, du hast mir gezeigt, dass ich nicht alleine bin. Du hast die menschliche Seite in mir geweckt, und die ist es, die dich jetzt inständig bittet, nicht zu gehen.«

Ich lege eine Hand auf seine schwer atmende Brust, und diesmal lässt er es zu. »Und was sagt die Katze in dir?«

Er senkt den Kopf und Bedauern scheint aus seinen glühenden Augen. »Dass du deine Familie schützen musst und dass Griffon Teil deines Clans ist.«

»Genau. Mach dir keine Sorgen, ich werde aufpassen. Ich spüre Griffon auf und hole ihn da raus. Wir kommen zusammen zurück und dann leben wir alle glücklich und zufrieden bis an unser Lebensende. Alles klar?«

Sie sehen mich beide an und nicken, aber auch ich muss mit den Tränen kämpfen, denn ich mache hier Versprechungen, die ich vielleicht nicht werde halten können.

SIEBZEHN

Ich ziehe meinen Kragen gerade und vergewissere mich, dass alle Giftpfeile sicher verstaut sind. Bethany hat mich mit einem neuen Set ausgestattet und mir auch meine Messer gegeben. Sie und Benjamin sind in das Haus zurückgegangen, in dem man mich gefangen gehalten hat und haben meine Waffen dort in einer verschlossenen Truhe gefunden. Ich fahre mit der Hand über die Griffe. Es ist gut, sie wiederzuhaben. Ich fühle mich fast nackt ohne sie, obwohl ich weiß, dass ich nach einer Wandlung Klauen zur Verfügung habe, die noch viel wirkungsvoller sein können als Schwerter.

Ich folge Pan, einer hübschen rotbraunen Katze, die eine von Rykers engsten Freunden ist. Sie zeigt mir den Weg zu dem Ort, an dem Griffon zuletzt gesehen wurde. Die Katzen hatten ihn rund um die Uhr im Blick, jedes Mal, wenn er das Gebäude verlassen hat. Es ist wirklich nützlich, sie bei unserer Truppe zu haben, obwohl ich es merkwürdig finde, dass Griffon nicht versucht hat, Kontakt zu ihnen aufzunehmen. Er weiß doch, dass sie für mich spionieren, er hätte ihnen also leicht eine Nachricht zukommen lassen können. Dass er es nicht getan hat, könnte bedeuten, dass er Angst hat, erwischt zu werden. Wenn sie ihn frei laufen lassen, heißt das, er konnte sie überzeugen, dass er auf ihrer Seite ist. Er müsste diese Rolle weiterspielen, bis sie ihm voll vertrauen. Aber warum tut er das? Will er eine Weile bei ihnen bleiben, um ihre Schwachstellen herauszufinden? Oder will er den Angriff von innen heraus organisieren?

Ich muss unbedingt mit ihm reden. Ihn nicht in meiner Nähe zu haben bereitet mir beinahe körperliche Schmerzen. Das sind wohl wieder die Katzenhormone in mir.

Pan bringt mich bis dicht zum Hauptquartier der Meute, wo eine weitere Katze hinter einigen großen Mülltonnen auf uns wartet. Es ist James, dessen extrem gerader Schwanz ungeduldig von einer Seite zur anderen schlägt. Er ist ein kleiner, aber wild aussehender Bengalkater mit braunen Flecken auf dem Rücken und feinen Streifen im Nackenbereich. Ein hübscher Kerl.

James begrüßt uns miauend. Pan reibt sich an ihm und rennt dann fort, ohne sich groß zu verabschieden. Typisch Katze. Die sind nun mal nicht die höflichsten Wesen unter der Sonne.

Der Kater führt mich durch eine enge Gasse, in der sich Unrat und kaputte Möbelstücken türmen, bis wir an eine hohe Mauer kommen, die zu keinem der uns umgebenden Gebäude zu gehören scheint. Natürlich war ich schon einmal hier, aber diese Mauer ist neu. Sie war noch nicht da, als ich vor mehr als einem halben Jahr die Meute verlassen habe. Damals konnte ich durch diese Gasse zu einem versteckten Tor laufen, das zu den Schlafquartieren einiger der Meute-Angehörigen führte. Dieser Weg ist jetzt versperrt.

James miaut auffordernd.

»Du willst, dass ich da hochsteige?«, frage ich, und er nickt und rollte dabei mit den Augen, so offensichtlich ist das für ihn. Bevor ich noch weitere Fragen stellen kann, läuft er schon davon und lässt mich alleine. Dies ist der entscheidende Moment, vor dem mich meine Männer gewarnt haben. Ich könnte noch umkehren. Nach einer anderen Möglichkeit suchen, Griffon da rauszuholen. Ich könnte zumindest den Einbruch der Nacht abwarten und mich in der Dunkelheit verstecken.

Aber nein. Ich brauche ihn jetzt. Geduld ist nicht meine Stärke. Ja, vielleicht bin ich leichtsinnig. Oder ein Idiot.

Ich atme tief durch, überprüfe ein letztes Mal meine Waffen – einschließlich der in meinen Kleidern versteckten – und klettere die Mauer hinauf. Meine geschärften Sinne sagen mir, dass mich niemand auf der anderen Seite erwartet, das ist also ein gutes Zeichen. Obwohl es natürlich nett gewesen wäre, wenn Griffon gleich auf die andere Seite gekommen wäre und ich ihn einfach hätte mit nach Hause nehmen können. Warum kann das Leben nicht auch einmal unkompliziert sein?

Hinter der Mauer setzt sich die Gasse fort, nur ist sie hier nicht mit Müll übersät. Ich lasse mich möglichst geräuschlos auf der anderen Seite hinab und setze meinen Weg fort, halte mich dabei auf der rechten Seite im Schatten der Mauer. Es ist mitten am Nachmittag, aber die Sonne taucht die Welt schon in orange und rote Farbtöne. Ein wunderschönes Licht. Das wird sicher ein toller Sonnenuntergang. Hoffentlich bin ich lange genug am Leben, um ihn noch genießen zu können.

Ich verziehe das Gesicht angesichts solch pessimistischer Gedanken und schiebe sie beiseite. Ich muss mich konzentrieren. Den Schalter umlegen auf »Killer«, einen Zustand, in dem mein Herz nichts mehr zu sagen hat und allein mein Hirn für Denken und Handeln zuständig ist. Kalt, losgelöst, gnadenlos. So muss ich heute vorgehen.

Um andere zu retten muss man manchmal seine menschlichen Instinkte abschalten. Oder um Geld zu verdienen, aber das hört sich nicht so gut an.

Das Tor, das früher mal ins Hauptquartier der Meute führte, ist jetzt verriegelt und von der anderen Seite mit Steinblöcken verbarrikadiert. Ich bin ein bisschen verwirrt, warum die Katzen mich hierher geführt haben. Ich kenne aus dieser Gasse heraus keinen anderen Weg. Ich hätte andere Einfallstore wählen können, aber James hat mich ausdrücklich hierher gebracht.

Am Ende der Gasse ist nichts zu sehen außer einer

Häuserwand ohne Fenster und Türen. Soll das ein Witz sein? Hat Ryker den Katzen gesagt, sie sollen mich in die Irre führen, um mich abzulenken?

Wenn ich dieses zu groß geratene Kätzchen in die Finger bekomme...!

Ein seltsames kratzendes Geräusch zu meiner Rechten lässt mich herumwirbeln, Messer bereit zum Angriff. Es kommt aus einer unscheinbaren Backsteinmauer, die zu einem der schäbigen Häuser in dieser Gegend gehört. Ich bleibe wie angewurzelt stehen, beobachte gespannt. Das Kratzen ist weiter zu hören, und dann bewegt sich plötzlich ein Stein. Er wackelt ein bisschen und dreht sich dann, so dass in der Mauer ein Loch entsteht. Weitere Steine werden auf diese Weise zur Seite gedreht. Schließlich ist die Öffnung groß genug, um eine Katze durchzulassen. Merkwürdig. Davon habe ich nichts gewusst, und ich habe schließlich fast mein ganzes Leben hier verbracht. Gut, das Leben vorher – bevor mein wahres begonnen hat.

Ich warte darauf, dass jemand auf der anderen Seite der Öffnung erscheint oder etwas sagt, aber nichts passiert. Mein Schnüffeln ergibt eine Myriade von Gerüchen, aber keiner lässt sich leicht identifizieren. Viele Leute sind hier durchgekommen, Wandler und Menschen, aber keiner erwartet mich. Sehr merkwürdig. Es muss da einen bestimmten Mechanismus geben, der diese Öffnung entstehen lässt.

Das Loch ist noch nicht groß genug für mich, also berühre ich wahllos einige Steine, um die versteckte Technik in Gang zu setzen, die dem ganzen zugrunde liegt. Als ich den Stein berühre, der sich zuerst bewegt hat, fängt der an zu zittern, und der Vorgang setzt sich fort. Da hatte sich wohl etwas verhakt. Mehr und mehr Steine bewegen sich, bis das Loch groß genug ist für einen kleinen Menschen. Meine Männer hätten da ihre Probleme, aber ich bin kleiner als sie. Als Panther würde ich auch steckenbleiben, aber als Mensch kann ich mich gerade so hindurchquetschen, ohne allzu viel Haut abzuschürfen. Sobald ich in dem dunklen Raum auf der anderen Seite angekommen bin, setzt sich der Mechanismus wieder in Gang, diesmal nur schneller, bis die Mauer wieder scheinbar intakt ist. Keiner würde vermuten, dass dies etwas anderes sein könnte als eine langweilige Backsteinmauer. Erstaunlich. So etwas muss ich haben!

Ein weiterer fensterloser Raum folgt auf diesen, aber er hat eine Tür. Der Boden ist mit einer dicken Staubschicht bedeckt, nur der Weg von dem geheimen Eingang zur Tür wurde offensichtlich oft begangen. Ich frage mich, ob es diesen Weg ins Hauptquartier schon immer gegeben hat oder ob er erst angelegt wurde, nachdem jene Mauer in der Gasse gebaut worden war. Egal, ich habe ihn gefunden und bin jetzt auf dem Weg ins Innere.

Der nächste Raum liegt voller abgelegter Kleidungsstücke. Der ganze Boden ist damit übersät. Das sieht fast wie ein Ankleidezimmer aus. Haben die keine Kleiderschränke? Und ich hab mich für unordentlich gehalten! Aber so sieht's nicht mal bei mir aus.

Diese Kleidungsstücke geben eine Vielzahl von

Duftnoten ab, ich kann mich kaum auf einzelne konzentrieren. War Griffon hier? Das kann ich nicht mit Sicherheit feststellen, möglich, aber auch nicht. Ich kenne seinen Geruch gut, aber das hier ist, als suche man ein Katzenhaar in dem berühmten Heuhaufen.

Diesmal ist ein Fenster vorhanden. Ich schleiche mich in gebückter Haltung dorthin. Das Glas ist verdreckt, und in den Ecken nisten etliche Spinnen und haben dort ihre Netze gebaut. Aber ich erkenne bei einem vorsichtigen Blick nach draußen sofort, wo ich mich befinde. Auf dem Hof dort unten haben wir unsere ersten Trainings absolviert. Sie bestanden hauptsächlich aus Schlägen, mit denen uns unsere Trainer zeigen wollten, wo man treffen muss, um maximale Schmerzen zu verursachen; so wurden wir darauf vorbereitet, das später bei unseren Opfern zu tun. Jedenfalls war dies die offizielle Begründung. Ich vermute, die Trainer haben uns einfach nur gerne geschlagen.

Dieser Teil der Anlage ist für die jüngsten Mitglieder der Meute bestimmt oder die, die erst vor kurzem neu dazugekommen sind. Ich erinnere mich, dass dieser Teil früher schwer bewacht wurde, aber seltsamerweise kann ich jetzt niemanden da draußen sehen. Und umgeben von all diesen schweißigen Kleidungsstücken kann ich meinen Geruchssinn nicht einsetzen, um Gefahren zu wittern. Ich muss mich ausschließlich auf das Sehen verlassen. Das gefällt mir überhaupt nicht. Die Nase ist für Katzen eines ihrer wichtigsten Organe und Schutzmechanismen, und im Moment bin ich sozusagen nasen-blind.

Ich bleibe ein paar Minuten lang abwartend in dieser gebückten Haltung unter dem Fensterrahmen stehen und spähe nach Lebenszeichen da draußen. Kein Mensch zu sehen. Ob sie diesen Teil des Hauptquartiers aufgegeben haben? Haben sie Angst bekommen, nachdem ich ihre Forschungseinrichtung niedergebrannt und alle Anwesenden in diesen beiden Häusern letzte Nacht umgebracht habe?

Irgendwie bin ich enttäuscht. Ich bin hergekommen um zu töten. Stattdessen bin ich jetzt umgeben von Staub und unangenehmen Gerüchen.

Als ich sicher bin, dass sich da draußen keiner versteckt, klettere ich die Leiter am anderen Ende des Raums hinunter und schleiche mich durch das darunter liegende Zimmer. Das hat sogar eine Tür, hurra!

Auch hier finden sich abgelegte Kleidungsstücke, Vorräte und einige Waffen. Als ich bei der Meute war, hat man peinlich genau darauf geachtet, dass wir unsere persönlichen Dinge tipptopp in Ordnung hielten und alles fein säuberlich in Schränken aufbewahrten. Unsere Sachen so auf dem Boden verteilt herumliegen zu lassen hätte uns mindestens zwei Wochen Einzelhaft eingebracht, wenn nicht Schlimmeres. Was geht hier vor sich? Von einem Wechsel in der Führungsriege der Meute hätte ich erfahren. Ich halte mich von denen zwar fern, aber die kriminelle Unterwelt weiß Bescheid. Einer von ihnen hätte mich durch meine Kontaktpersonen informiert.

Die Tür ist der einzige Weg aus dem Gebäude hinaus, es sei denn, ich würde noch einmal nach oben steigen und aus dem Fenster klettern. Ich laufe zwar unheimlich gerne über Dächer, aber hier kenne ich mich gut genug aus, um Bodenhaftung vorzuziehen. Es gibt hier überall Beobachtungsposten, also kann man sich im Innern der Gebäude besser verstecken als oben auf ihren Dächern.

Ich stelle mich mental auf einen Kampf ein, werfe die Tür auf und renne dann zu dem Gebäude auf der gegenüberliegenden Seite des Hofs. Keine alarmierenden Gerüche. Nichts. Es ist gerade so, als seien alle Bewohner weggelaufen und hätten diesen Ort leer hinterlassen.

Ich dringe tiefer in das Gebiet der Meute vor. Ich kenne mich aus, und nehme die verstecktesten Abkürzungen, an die ich mich erinnern kann, und bleibe dabei im Schatten. Aber dass es hier so gar keine Leute gibt, macht mich immer nervöser. Wenn ich eines nicht ausstehen kann, dann ist es diese Ungewissheit und Unkalkulierbarkeit.

Bis ich mich schließlich zu meinem alten Schlafsaal vorgearbeitet habe, lässt mich selbst das Geräusch meiner eigenen Schritte zusammenzucken. Dieses Unternehmen hier entpuppt sich immer mehr als riesiger Fehler.

Immerhin gibt es in diesem Raum Zeugnisse davon, dass hier tatsächlich jemand wohnt. Die Habseligkeiten der Kinder liegen auf den Betten verstreut, vor allem Spielsachen, die sie sich aus Stöcken und Lumpen selbst gebastelt haben. Lennox hat mir auch einmal eine Puppe gemacht. Ich habe sie prompt gekillt. Fairerweise muss man sagen, dass ich es nicht besser wusste. Und um bei der Wahrheit zu bleiben – ich würde es heute nicht anders machen. Er dürfte inzwischen auch herausgefunden haben, dass ich nicht der Typ bin, der mit Puppen spielt. Es sei denn, die Puppe kann bluten, schreien und so tun, als sei sie tot.

Die Küche in der Nähe des Schlafsaals riecht nach Essen, und in einem der Töpfe auf dem Herd scheint etwas zu kochen. Dieser Ort muss von einem Moment zum nächsten verlassen worden sein. War ich der Grund dafür?

Es ist ja nicht so, dass ich nicht mit einer Falle gerechnet hätte, aber diese Vorkehrungen hier scheinen doch etwas übertrieben zu sein.

Die Gerüche in der Küche machen mich hungrig und erinnern mich daran, dass ich in den vergangenen Tagen viel zu wenig gegessen habe. Da muss ich einiges aufholen, allerdings nicht jetzt. Sobald Griffon in Sicherheit ist, können wir uns alle zu diesem Date treffen und in einem tollen Restaurant jede Menge essen. Ich habe die Männer nie gefragt, ob sie etwas von unserem Geld retten konnten, als das Haus explodiert ist. Auf einem Bankkonto ist auf jeden Fall noch etwas, unter falschem Namen, aber wir hatten eine ganze Menge Bargeld in meinem Büro. Ich lege keinen großen Wert auf Geld und materielle Dinge, aber wir werden es brauchen, um uns ein neues Leben aufzubauen in einem neuen Zuhause.

Plötzlich tönt ein Schrei durch das Gebäude. Ich hebe die Arme, die Dolche stoßbereit in Händen haltend und bin sprungbereit, bevor mir klar wird, dass der Laut aus einem der Lautsprecher kam, die in jedem Zimmer des Gebäudes angebracht sind. Ein weiterer Schrei, und leider weiß ich auch, wer ihn ausgestoßen hat.

Griffon.

Es gibt nur einen Grund, warum sie seine Schmerzensschreie über den Lautsprecher schicken sollten, und der bin ich. Verdammt. Genau wie ich gedacht habe. Sie haben dafür gesorgt, dass alle Bewohner Haus und Hof verlassen, damit ich ins Zentrum des Hauptquartiers laufen würde, nur um mir dann den Fluchtweg abzuschneiden und mich zu umzingeln. So oder ähnlich hätte ich das auch arrangiert, aber meine Angst um Griffon hat mich die einfachsten Vorsichtsmaßnahmen missachten lassen. Genau deshalb sollten Auftragskiller nie eine Beziehung eingehen. Liebe macht nicht nur blind, sondern mich in diesem Fall auch sehr berechenbar.

Wobei ich ihn nicht liebe.

Natürlich nicht.

»Wo bist du?«, rufe ich und versuche nicht länger, mich in den Schatten zu verstecken. »Wo ist Griffon?«

Die Schreie hören abrupt auf, und eine vertraute Stimme ist zu hören.

»Geh hinaus in den Versammlungshof.«

Es ist Grimsay, der Vorsitzende des Ältestenrats, einer der am meisten gefürchteten Mitglieder der Meute. Ich habe ihn höchstens zwei Mal persönlich zu Gesicht bekommen, aber jeder hier kennt seine Stimme.

Er hält gerne Reden, besonders vor und nach öffentlichen Bestrafungsaktionen. In meiner Kinder- und Jugendzeit verging kaum ein Tag, an dem er nicht davon sprach, dass alle Wandler abartig seien und von der Meute erzogen werden müssten. Ganz zu Anfang glaubte ich ihm. Genauso gehen sie vor. Sie zerstören dein Selbstbewusstsein und überzeugen dich davon, dass du irgendwie minderwertig bist und mit deiner wilden, nicht-menschlichen Seite nur leben kannst, wenn du dich von der Meute kontrollieren lässt.

Dieser Glaube schwand allerdings sehr schnell, als ich sah, was sie mit uns machten. Anderen Wandlern gelang das nicht. Sie hörten weiter auf Grimsays Worte und waren schließlich überzeugt, dass sie tatsächlich solche abscheulichen Monster waren, als die er sie darstellte. Das sind dann die gefährlichen, verblendeten und oft schlicht dummen Mitglieder der Meute. Und von genau diesen bin ich wahrscheinlich jetzt umgeben.

Das hier war keine gute Idee, aber für Reue ist es jetzt zu spät. Entweder schaffe ich es, Griffon und mich hier rauszubringen oder ich werde von den Leuten gefangen genommen, die ich von allen am meisten auf der Welt hasse und gleichzeitig fürchte. Ersteres wäre mir lieber.

Ich bin mir bewusst, dass meine Messer gegen die anwesende Übermacht der Meute nicht viel ausrichten können, aber ich halte sie dennoch fest in den Händen und bereite mich auf einen Kampf vor. Ich atme ein letztes Mal tief durch und trete dann hinaus in den Versammlungshof.

Unter den vielen Gerüchen von Wandlern und Menschen sticht einer hervor: Griffon. Er ist ganz in meiner Nähe. Ich bleibe mit dem Rücken dicht an einer Wand, damit niemand sich von hinten an mich anschleichen kann.

Und dann ist er da. Griffon. Er kommt aus dem gegenüberliegenden Gebäude heraus, trägt einen eng anliegenden Anzug und sieht kein bisschen so aus, als habe man ihn gerade noch gefoltert. Er lächelt mich an, aber seine Augen strahlen nicht die übliche Wärme aus.

Er kommt langsamen Schrittes auf mich zu und starrt mich die ganze Zeit an, als wolle er mich nur durch die Kraft seiner Augen an meinem Platz halten. Die Art, wie er sich bewegt...wie ein Raubtier, das sich jeden Moment auf seine Beute stürzt. Es kribbelt mich im Rücken, ich bin mir sehr bewusst, dass uns von allen Seiten Leute beobachten. Sie wollen wissen, was er als nächstes tun wird, genau wie ich.

Mir dreht sich der Magen um angesichts der Kälte in seinen Augen. Dies ist nicht mein Griffon, der Mann, der mich zum Lachen gebracht hat, dessen Lied mich gestreichelt hat, der an meiner Seite gekämpft hat. Dies ist nicht einmal sein Siron. Dies ist etwas völlig Neues.

Bitte lass das alles nur gespielt sein. Bitte lass es eine Maske sein, die er jetzt jeden Moment lüften wird, bevor wir dann gemeinsam fliehen.

»Kat«, sagt er mit seltsam emotionsloser Stimme. »Danke, dass du gekommen bist.«

»War doch klar, dass ich kommen würde. Also lass

uns jetzt umdrehen und abhauen, bevor die uns fangen können.«

Er lächelt verächtlich und sein Blick verdunkelt sich noch mehr.

»Ich werde nicht mit dir weglaufen. Dies ist mein Zuhause.«

Und einfach so bricht er mir das Herz. Ich kann beinahe hören, wie die Scherben fallen.

Ich starre ihn an und klammere mich noch immer an die vage Hoffnung, dass dies nur gespielt ist, ein schlechter Witz.

Er steht dicht genug bei mir, dass ich ihn berühren könnte, aber ich tue es nicht. Das fühlt sich nicht richtig an. So sehr ich ihn in die Arme schließen möchte, dies ist nicht mein Griffon.

Einen Moment lang zuckt in seinen leuchtend grünen Augen etwas auf, das Gegenstück zur eisigen Kälte, die er bisher an den Tag gelegt hat. Er kommt noch näher, alles ist jetzt möglich, alles außer dem, was er nun tut: Er legt mir ein Halsband um.

ACHTZEHN

Ich bin auf die zu erwartenden Schmerzen gefasst, fühle aber nur eine merkwürdige Kälte in meine Knochen kriechen. Mein Kopf ist umnebelt, ich kann mich aber noch auf meine Umgebung konzentrieren.

»Das Halsband, das dir Doktor Fitzroy im Labor angelegt hat, war ein Prototyp«, erklärt Griffon, als könne er meine Gedanken lesen. »Eines, das man aus der Ferne kontrollieren konnte. Dies ist ein älteres Modell, es ist aber zuverlässiger und weniger schmerzhaft.«

Ich starre ihn wütend an. »Soll ich dir jetzt auch noch dankbar sein, dass du mir dieses angelegt hast?«

Er zuckt mit den Schultern. »Wäre ein guter Anfang. Je besser du kooperierst, umso weniger wird es wehtun.«

Ich trete auf die Scherben meines zerbrochenen

Herzens und haue ihm mit voller Kraft eine runter. Überrascht hält er sich die Wange und lacht dann los.

»Das habe ich wohl verdient.«

Das muss ein Klon sein. Dies ist unmöglich mein Griffon. Haben sie sein Gehirn ausgetauscht? Oder hat er was geraucht? Mein Griffon würde sich nicht von mir schlagen lassen. Er würde mich auch nicht mit diesem arroganten, kalten Glitzern in den Augen angrinsen.

Ich reibe das Halsband und bin immer noch überrascht, dass es mir nicht die Fähigkeit zu denken genommen hat. Ein dumpfer Schmerz beginnt sich im Hinterkopf zu formen, aber er lenkt mich bisher noch nicht ab.

»Komm mit mir mit«, befiehlt Griffon. Ich knurre ihn wütend an, aber er lächelt nur. Verdammter Mistkerl. Ich merke gerade, dass ich noch immer meine Messer in den Händen halte – ich könnte ihn leicht abstechen, aber das ist immer noch Griffon. Irgendwo ist noch der Griffon, der in mir Lust verströmt hat, der mich in seinen Armen gehalten hat, der mir zugehört hat, als ich ihm von allen möglichen, teils auch verstörenden Dingen erzählt habe. Ich kann ihn nicht umbringen. So sehr mein Killerverstand mir das einflüstert, mein Herz weigert sich, auch nur die Möglichkeit in Betracht zu ziehen. Auch wenn es bedeutet, dass ich wieder ein Gefangener sein werde. Oder Schlimmeres. Ich werde Griffon nichts tun.

Er scheint den Moment zu erkennen, in dem ich diese Entscheidung treffe, und in seinen Augen blitzt etwas auf. Triumph. Ich senke meine Arme und stecke die Messer in die Scheiden. Ich bin überrascht, dass er mich noch nicht entwaffnet hat. Ich an seiner Stelle hätte das als erstes getan.

»Folge mir.«

Es ist ein Befehl, aber er verleiht ihm keinen Nachdruck. Abgesehen davon, dass er mir das Halsband umgelegt hat, hat er in keiner Weise Hand an mich gelegt. Vielleicht waren das seine Instruktionen, oder es ist doch noch ein Funken Anstand in ihm vorhanden.

»Wohin?«

»Die Ältesten wollen dich sehen.«

Er geht voraus, und ich folge ihm, auch wenn ich den Weg genau kenne und ihn ebenso gut führen könnte. Ich war nur ein einziges Mal in der Halle des Ältestenrates, als ich meine Ausbildung zum Auftragskiller erfolgreich abgeschlossen hatte. Nur die Führer der Meute und deren engste Vertraute haben hier Zutritt.

Ich werfe einen letzten wehmütigen Blick auf den rot gefärbten Abendhimmel und trete dann in das Gebäude in dem Bewusstsein, meine Freiheit zurückzulassen.

Wir gehen an Wachposten vorbei, die mich anstarren, als sei ich die ärgste Bedrohung, die sie je gesehen haben. Ich erkenne einige von ihnen, aber keiner deutet an, dass er mich auch erkennt. Nicht, dass ich irgendwelche Freunde in der Meute hatte, nachdem Lennox fortgegangen war. Man hatte mir einmal das Herz gebrochen, also wollte ich sichergehen, dass dies nicht nochmals geschah. Dennoch zwinge ich mich, die mir bekannten Wachen anzulächeln und ihnen kurz zuzunicken. Einer von ihnen, Gerrard, hat wenigstens so viel Anstand, den Blick abzuwenden, aber die anderen ignorieren meine Geste einfach und starren mich weiter an, als würde ich jeden Moment einen Amoklauf starten. Was gar nicht so weit von der Wahrheit weg ist. Wenn Griffon nicht da wäre und sich so merkwürdig verhielte und wenn ich nicht das Halsband umgelegt hätte, dann würde ich kurzen Prozess mit ihnen allen machen. Ich bin nicht sicher, ob ich alle umbringen oder einige am Leben lassen sollte. Einige von ihnen sind nur widerwillige Mitläufer in der Meute, keine ihrer glühenden Verehrer.

Während die Wachen am Eingang und in den Fluren Halsbänder tragen, sind die beiden, die vor den großen Eingangstüren zur Halle der Ältesten Wache halten, offenbar von diesem Zwang befreit. Sie sind freiwillig hier, wurden einer Gehirnwäsche unterzogen, bis man sicher sein konnte, dass sie nicht mehr die Seiten wechseln würden. Ich kann sie nicht verstehen. Warum wählt man freiwillig diese Art von Gefangenschaft? Da bin ich lieber arm, verfolgt und gejagt, als mein Leben in einem selbst gewählten Gefängnis zu verbringen.

Griffon sieht sich nicht um, er vertraut darauf, dass ich ihm folge. Ich habe nicht wirklich eine Wahl, wenn ich nicht vorzeitig sterben will. So, wie mich die Wachen ansehen und ihre Waffen halten, besteht kein Zweifel an ihren Befehlen. Wenn ich weglaufe, bin ich tot.

Nein danke.

Einer der halsbandlosen Wachmänner klopft an die

Türen, geht einen Schritt zurück und steht dann stramm. Sein Kopf zeigt zwar geradeaus, aber seine Augen folgen jeder meiner Bewegungen. Ich glaube nicht, dass ich ihn schon einmal gesehen habe. Das zeigt mir, wie viel sich seit meinem Weggang verändert hat und was ich alles nicht wusste, während ich in der Meute gelebt habe.

»Versuch mal, sie nicht gleich zu beleidigen«, flüstert mir Griffon zu, als sich die Türen öffnen. Was mich beinahe veranlasst, genau das Gegenteil zu tun, aber ich beiße mir auf die Zunge und folge ihm hinein, wo an einem großen Tisch die Ältesten auf uns warten.

Es gibt neun von ihnen, nur sieben sind anwesend. Grimsay sitzt in der Mitte und starrt mich unter buschigen Augenbrauen an. Zu seiner Linken sitzen zwei Frauen, die ich beide nicht kenne, und ein junger Mann, der mir bekannt vorkommt, an dessen Namen ich mich aber nicht erinnern kann. Rechts von Grimsay sitzt George Kenny, der Älteste, der für Killeraufträge zuständig ist und den ich daher recht gut kenne. Und neben ihm sitzen die beiden Schrecklichen Zwillinge. Sie sind Bruder und Schwester, sehen in ihren eleganten Kleidern und glatten Visagen aus, als könnten sie kein Wässerchen trüben. Sie haben ihren Spitznamen allerdings redlich verdient. Da sie für Disziplin und Bestrafungen zuständig sind, habe ich mit ihnen genug Zeit verbracht. Ich hatte gehofft, sie nie wiederzusehen. Sie erscheinen mir noch immer gelegentlich in meinen Albträumen, aber sie so in Fleisch und Blut da sitzen zu sehen, jagt mir Angstschauer über den Rücken. Ich dachte, ich hätte die Angst vor ihnen hinter mir gelassen. Es gibt nicht viele Dinge, die mir Furcht einjagen, aber diese Beiden stehen ganz oben auf dieser Liste.

»Ich habe sie wie gewünscht hergebracht«, sagt Griffon aalglatt und verbeugt sich vor den Ältesten. Widerlich. Wenn sie meinen, ich würde mich verbeugen, müssten sie mir erst die Knie brechen. Etwas, das Grimsay durchaus in Erwägung zieht, dem Blick nach zu urteilen, mit dem er meinen erwidert.

Der Älteste Kenny lächelt Griffon an. »Gut gemacht. Wenn ich noch Zweifel gehabt hätte, ob man dir trauen kann, hast du jetzt bewiesen, auf wessen Seite du stehst. Ich werde deinem Vater schreiben.«

Griffon beugt den Kopf. »Das weiß ich zu schätzen. Ich wollte immer, dass er stolz auf mich ist.«

Darf ich mal kotzen? Das dreht einem ja den Magen um. Mein Griffon würde sich nie so verhalten.

Wenn sie seinen Vater kennen, dann stimmt wenigstens dieser Teil der Geschichte, die er mir erzählt hat. Sie sind Sirenen, entweder alle oder ein Teil von ihnen. Das kann man schwer beurteilen, aber ich kenne jetzt die Anzeichen – sie sehen etwas zu fehlerlos aus, um Menschen zu sein, besonders die Leute zu Grimsays linker Seite.

Grimsay starrt mir immer noch in die Augen, und der Hass in ihnen ist fast nicht auszuhalten.

»Du hast uns viele Probleme bereitet. Mehr, als deine Schöpfer je erwartet hätten. Und du kannst mir glauben, wenn Boris und Professor Lakefield mir nicht versichert hätten, dass sie alles unter Kontrolle hatten und dies wichtig für das Ergebnis des Experiments wäre, hätte ich dir schon längst ein Ende bereitet.«

Boris, das war der Blonde, den ich in dem blauen Haus getötet habe. Weg mit Schaden.

»Als der Professor gestorben ist, war ich nahe daran, auch dich zu eliminieren«, fährt Grimsay fort. »Aber wieder haben die Wissenschaftler darauf bestanden, es sei wichtig, dich am Leben zu lassen. Bis du dann die Wahrheit erfahren hast und eines unserer Labore zerstört hast. Ich fürchte, das ist für dich jetzt die Endstation, K1.«

Allein dafür werde ich ihn umbringen. Ich habe einen Namen. Ich bin keine Nummer.

Auch wenn das Halsband meine Sinne dämpft, kann ich unschwer feststellen, dass sich Griffons Herzschlag beschleunigt. Bedeutet das, es lässt ihn nicht gleichgültig, was mit mir geschieht? Oder freut er sich auf meine Hinrichtung?

Der am linken Rand sitzende Mann lächelt mich an, aber ohne jede Wärme in seinem Gesicht. Ich erkenne ihn endlich: er war auf einem der Fotos, die man mir gezeigt hat, während ich auf dem Stuhl festgebunden war. Sein dunkelbraunes Haar ist sorgsam nach hinten gekämmt, seine dicken Brillengläser sitzen dicht vor den Augen. Auf dem Foto trug er einen Laborkittel, er muss also einer der Wissenschaftler sein. Erstaunlich, dass er in seinem Alter schon zu den Ältesten gehört. Vielleicht ist er ein kleines Genie.

»Schade, dass ich jetzt keine der geplanten Tests mehr durchführen kann«. Echtes Bedauern klingt aus seinen Worten, was sich aber wohl nicht auf mein kurz bevorstehendes Ableben bezieht, sondern auf die Experimente, die er nun abschreiben muss. »Professor Lakefield hat nicht alle genehmigt, aber jetzt, wo man ihn beseitigt hat, hatte ich auf eine Gelegenheit gehofft.«

»Wart mal, beseitigt?«, frage ich, bevor ich mich zurückhalten kann.

Ein bitteres Lächeln umspielt Grimsays Lippen. »Unser oberster Wissenschaftler entwickelte Gefühle für seine Studienobjekte. Er wurde damit zu einer Belastung. Wir wussten irgendwann nicht mehr, ob seine Experimente uns unseren Zielen näherbrachten oder ob sie nur seine eigene Neugier und seinen seltsamen Sinn für Moral befriedigten.«

Sie haben einen aus ihren eigenen Reihen umgebracht. Das überrascht mich nicht wirklich, aber im Falle von Professor Lakefield hätte ich gedacht, dass er zu wichtig war, als das man sich seiner hätte entledigen können. Er war es schließlich, der, zusammen mit Doktor Fitzroy, das gesamte Klon-Projekt in Gang gesetzt hat.

Zumindest weiß ich jetzt, dass der Große Unbekannte alias Professor Lakefield tatsächlich tot ist. Wer weiß, vielleicht hat er mir das Haus ohne Wissen der Meute überschrieben. Falls er wirklich eine Tochter hatte. Vielleicht war sie auch nur erfunden und stand in Diensten der Meute, um mich zu täuschen.

Grimsay schaut sich am Tisch um. »Wer will es tun?«

Die Zwillinge grinsen und antworten gleichzeitig »Ich!«

Ich unterdrücke ein Stöhnen. Sie riechen nach Grausamkeit. Sie werden das nicht schnell und schmerzlos erledigen. Sie werden mich leiden lassen und meinen Tod so lange es geht hinauszögern.

Dann mal los. Ich werde mich nicht kampflos ergeben.

Grimsay sieht die Zwillinge einen Moment lang mit zusammengezogenen Augenbrauen an, als überlege er, ob das eine gute Idee sei. Dann nickt er und wendet sich an Griffon.

»Du kannst dich jetzt zurückziehen; eigentlich hättest du ihr die Waffen abnehmen müssen. Sitzt das Halsband auch fest? Wir wollen keine Wiederholung der gestrigen Ereignisse.«

Er nennt den Umstand, dass ich ein Dutzend Leute umgebracht habe, ein »Ereignis«. Was nur beweist, wie gefährlich er ist und wie viel ein Leben in der Meute zählt. Ich habe seine Leute umgebracht, was ihn aber nicht sonderlich zu berühren scheint.

Griffon tritt hinter mich und legt seine Hände an mein Halsband. Ich erstarre und hasse es, dass er mich berührt. Verräter. Ich bin versucht, ihm ein Messer in den Bauch zu rammen. Aber selbst im Angesicht des Todes gebietet mir mein schwaches, idiotisches Herz, mich nicht von der Stelle zu rühren. Ich kann ihn nicht töten.

Ich bemerke die Veränderung, noch bevor ich das Klicken des sich öffnenden Halsbands höre. Die übliche

Kraft kehrt in meinen Körper zurück, mein Verstand hellt sich auf und gewinnt seine gewohnte Schärfe.

Das Halsband fällt auf den steinernen Boden, das Echo hallt durch die angespannte Stille.

»Wandle dich«, flüstert Griffon, bevor er meine Messer aus den Scheiden zieht und auf die Ältesten zuläuft.

NEUNZEHN

Ich bin so überrascht, dass ich einen Moment zögere, aber als ich sehe, wie Griffon eines meiner Messer ins Herz des jungen Wissenschaftlers sticht, gewinnt mein Training die Oberhand. Ich wandle mich in einer einzigen fließenden Bewegung und springe schon los, noch bevor ich völlig meine Panther-Gestalt angenommen habe. Meine Krallen fahren aus, sind scharf und tödlich.

Ich habe nur einen Gedanken – dieser Raum ist voller Opfer, die getötet gehören.

Die Ältesten sind aufgesprungen und umzingeln Griffon. Es trifft aber zu, was er immer behauptet hat: Sirenen sind keine Kämpfernaturen. Eine der Frauen fuchtelt mit einem Schwert herum und weiß offensichtlich nicht, wie sie das Ding handhaben soll. Griffon schneidet ihr mit einem einzigen Zug seines Dolchs die Kehle durch, bevor sie noch ihr Schwert heben kann. Zwei erledigt, bleiben noch fünf, bevor ich überhaupt die Chance hatte, selbst tätig zu werden.

Ich konzentriere mich auf die Zwillinge, von denen ich weiß, dass sie gute Kämpfer sind. Sie waren oft beim Training unsere Sparringspartner und sind zwar nicht die besten Killer, aber immerhin eine Herausforderung. Ich brülle, und sie wenden sich mir zu und von Griffon ab. Damit bleiben ihm drei Gegner, aber weder der Vorsitzende des Ältestenrates Grimsby noch die Frau wissen mit Waffen umzugehen. Dafür gleicht George Kenny ihr Unvermögen mehr als aus. Er hat Generationen von Killern ausgebildet und kennt jede Menge Tricks. Ich muss mit den Zwillingen möglichst rasch fertigwerden, damit ich Griffon gegen ihn beistehen kann.

Der Frau gelingt es, meinen Angriff mit ihrem Schild abzuwehren (sie ist die Einzige mir bekannte Kämpferin, die wie die alten Rittersleut' Schwert und Schild verwendet), aber der Aufprall bringt sie zum Straucheln, und ich ziehe ihr mit einer Pfote die Beine weg, bevor sie das Gleichgewicht wiederfindet. Ihr Bruder will mir mit seinem Buschmesser einen Hieb versetzen, aber ich weiche ihm mit Leichtigkeit aus, da dieses Manöver zu offensichtlich ist. Ich habe ihnen schließlich viele Jahre lang beim Kämpfen zugesehen, das scheinen sie vergessen zu haben. Ich weiß genau, wie sie bei der Konstellation zwei zu eins vorgehen. Wenn einer von beiden in der Defensive ist, versucht der andere, den Gegner abzulenken und ihn so lange zu beschäftigen, bis beide wieder gemeinsam attackieren können.

Statt mich mit dem Bruder auf einen Zweikampf einzulassen, greife ich weiter die Schwester an, stelle mich für einen Moment auf die Hinterbeine, nur um meine Vorderpfoten gegen ihre Brust zu stemmen und sie auf den Boden zu werfen. Den Angriff des Bruders vorausahnend, rolle ich mich zur linken Seite und hoffe nur, dass sein Messer nicht mich, sondern das Bein der Frau treffen wird. Bingo.

Vor Schock und Schmerzen schreit sie auf und schimpft laut mit ihrem Bruder. Erschrocken erstarrt er für einen Moment, was mir Gelegenheit gibt, ihn umzurennen und meine Kiefer in seinen Hals zu senken. Seine Schwester schreit, als ich ihm die Kehle herausreiße und seinen Körper wie eine Schlenkerpuppe schüttele. Sie versucht aufzustehen, aber das verletzte Bein behindert sie, und ich bin auf ihr, bevor sie sich verteidigen kann.

Wie gern würde ich das langsam und qualvoll machen, aber mir ist bewusst, dass Griffon noch kämpft. Ich lausche auf die Herzschläge – er hat es immer noch mit zwei Gegnern zu tun.

Die Türen werden aufgeschlagen, was mich daran erinnert, dass die Wachen jeden Moment hier sein werden. Und die sind besser ausgebildet als die Ältesten. Wir müssen uns beeilen.

Mit lautem Knurren lasse ich meine scharfen Zähne ihre Halsschlagader entlanggleiten und achte darauf, dass sie mir in die Augen sehen kann, als ich zubeiße.

Nach all den Schmerzen, die ich durch sie erleiden musste, will ich das Letzte sein, was sie sieht.

Ich drehe mich um und eile Griffon zu Hilfe, noch bevor sie ihr Leben völlig ausgehaucht hat. Jetzt ist nicht die Zeit, ihren Tod zu feiern. Vielleicht träume ich heute Nacht von ihr und der Alternative, wie ich sie ins Jenseits befördert haben könnte – in ein oder zwei Stunden, in denen sie hätte zahlen müssen für all das Leid, das sie mir angetan hat. Das hier ging zu schnell und war im Endeffekt unbefriedigend.

Griffon ist in der Defensive, sowohl Kenny wie auch Grimsay kämpfen gleichzeitig gegen ihn. Grimsay ist nicht der beste Schwertkämpfer, aber es reicht, um Griffon von dem viel gefährlicheren Gegner abzulenken.

Ich brülle so laut ich kann, beide drehen sich instinktiv zu mir um. Das gibt Griffon die Oberhand, er rückt mit einer Kanonade von Hieben gegen Kenny vor. Grimsay wendet sich mir zu, und ich zeige ihm genüsslich meine Zähne. Was für eine Freude, ihn umzubringen. Verdient hat er es hundertfach.

So gern ich mit meiner Beute spielen würde - die Wachen haben uns fast erreicht. Bogenschützen haben sich in der Tür in Position gebracht, aber im Moment bewegen wir uns zu schnell, als dass sie zielen könnten. Und wenn sie einen der Ältesten träfen, würde man sie bei lebendigem Leib in den Kochtopf stecken. Wenn sie Glück haben.

Ich tanke neue Kraft aus dieser geheimen Quelle in mir, die ich gerade erst entdeckt habe, und bewege mich schneller, als es mir eigentlich möglich sein dürfte. Ich beiße Grimsay in den Arm, mit dem er das Schwert führt; die Waffe fällt zu Boden, während ich mit einer Pfote seinen Bauch aufschlitze. Das schmatzende Geräusch, mit dem seine Gedärme austreten, quittiere ich mit einem Lächeln, bevor ich ihm noch einige Finger ausreiße.

Er heult vor Schmerz, fällt auf die Knie und versucht, sein Gedärm mit der Hand zurückzuhalten. Er hat wohl noch nicht bemerkt, dass ihm da die Finger fehlen. Egal, er ist erledigt. Ich überlasse ihn seinem Schicksal; sein Tod ist gewiss und er ist auf jeden Fall kampfunfähig.

Griffon liefert sich mit George Kenny ein Duell, ihre Klingen treffen sich in kurzer Folge. Sieht gut aus, und ehrlich gesagt wäre es wohl unfair von mir, wenn ich Griffon diesen Spaß verderben würde. Statt mich einzumischen, wende ich mich lieber den Wachen zu. Mit mächtigem Gebrüll stürme ich auf sie zu. Krallen voraus, reiße ich, fetze, beiße. Es ist ein Gemetzel. Einige von ihnen versetzen mir kleinere Schnitte, aber ich bin zu schnell, als dass sie mich ernsthaft verletzen könnten. Ich töte sie schneller, als Nachschub durch die Türen hereinkommt. In Nullkommanichts bin ich von Leichen umgeben. Ihr Blut klebt in meinem Fell, auf meiner Zunge, in meinen Barthaaren. Ich muss mich nachher gründlich waschen, aber im Moment genieße ich diesen Geschmack. Fast bin ich versucht, an dem einen oder anderen ein bisschen zu knabbern. Es ist schließlich wie bei einem All-you-can-eat-Büffet, das ständig neu aufgefüllt wird, ich muss ihnen nur die Kehle durchtrennen. Fleisch schmeckt immer am besten, wenn es richtig ausgeblutet ist.

»Kat«!

Griffons Stimme beendet meinen Blutrausch. Ich blinzele ein paarmal und schaue mir das Ergebnis unserer Bemühungen an. Kenny liegt am Boden, schwer verletzt, sein Herz schlägt noch, aber sicher nicht mehr lange. Griffon scheint es gut zu gehen, er hat wie ich nur ein paar oberflächliche Wunden abbekommen. Bei meinen merke ich schon, wie sie heilen. Das juckt immer. Ärgerlich.

Weitere Wachen kommen von Ferne auf den Raum zugeeilt, aber zunächst haben wir alle Anwesenden getötet. Nicht schlecht für einen Siron und eine Katze.

»Was machen wir jetzt?«, fragt Griffon, während ich langsam auf ihn zu stolziere. »Weiter als bis hierher habe ich nie gedacht. Ich konnte kaum glauben, dass wir je soweit kommen würden, also habe ich keine weitergehenden Pläne gemacht. Sollen wir das alles hier niederbrennen? So viele wie möglich umbringen? Ihnen die Halsbänder abnehmen? Einfach weggehen und sie sich selbst überlassen?«

Ich liebe dieses kleine Grübchen, das er immer bekommt, wenn er intensiv nachdenkt. Aber nicht doch, ich darf nicht daran denken, wie süß er ist. Er hat mich verraten, getäuscht, auch wenn sich dann herausgestellt hat, dass er es *nicht* getan hat. Jedenfalls nicht wirklich. Ist ein bisschen schwer auf die Reihe zu kriegen.

Da ich sowieso nicht mit ihm reden kann, blecke ich die Zähne und starre ihn ärgerlich an. Um meinen Standpunkt noch klarer zu machen, werfe ich einen Arm nach ihm – nicht meinen, sondern irgendeinen, der hier in diesem Blutbad auf dem Boden liegt. Einigen Gliedmaßen sind ihre Besitzer während des Kampfs abhandengekommen. Oder anders herum? Egal, danach fragt jetzt keiner mehr. Diese Leute haben alle auf der falschen Seite gekämpft und das mit dem Leben bezahlt.

Ja, viele von ihnen tragen Halsbänder, aber sie hätten Widerstand leisten können. Nicht jeder kann der Macht der Halsbänder länger als eine Minute oder so widerstehen, aber diese Minute hätte gereicht, um von mir verschont zu werden. Kein einziger von ihnen hat das getan. Ich hätte ihre durch Zweifel hervorgerufene innere Erregung gerochen. Nein, alle haben für das Pack und gegen mich gekämpft.

So gern ich diese ganze Anlage dem Erdboden gleich machen würde weiß ich doch, dass es hier Leute gibt, die nicht blind den Anführern der Meute folgen. Höchstwahrscheinlich gehören etliche von ihnen zu den Wachleuten, die demnächst in diesen Raum laufen werden. Sie konnten sich dem Befehl eine Weile widersetzen, aber nun nicht länger. Und dann sind da noch die Kinder und Teenager. Ich könnte keinen von ihnen umbringen, gleichgültig, wie sehr man ihr Denken beeinflusst hat. Aber was soll mit ihnen geschehen? Wir können ihnen nicht einfach die Halsbänder abnehmen. Sie würden total wild werden, und das Ganze würde in einem erneuten Blutbad enden. Lennox hat erzählt, wie er lange Zeit vollkommen wild durch die Gegend gelaufen ist, nachdem man ihm das erste Mal das Halsband abgenommen hat. Ich habe nur deshalb die Kontrolle über meinen Verstand behalten, weil der Geheimnisvolle Unbekannte mich durch den Prozess geführt hat.

Ich erschauere bei dem Gedanken daran. Natürlich wusste er, wie die Manschetten funktionierten. Er hatte mit der Frau zusammengearbeitet, die sie entwickelt hat. Was war ich für ein Narr, ihm zu vertrauen!

»Was sollen wir tun?«, fragt Griffon und reißt mich aus meinen Gedanken. Er scheint zu vergessen, dass ich ihm nicht antworten kann

»Ach ja und tut mir leid, aber darüber sprechen wir, wenn wir hier raus sind.«

Ich knurre ihn an und er hebt abwehrend die Hände. »Ich habe nichts von all dem, was ich gesagt habe, gemeint. Ich hatte nie vor, dir zu schaden, ich habe dich nie verraten und habe das alles nur inszeniert, damit ich dichter an die Ältesten herankommen und sie vernichten konnte. Du bekommst später eine lange Entschuldigung, versprochen. Aber jetzt müssen wir handeln. Ich wette, alle wichtigen Leute, die nicht in diesem Raum waren, fliehen gerade oder werden versuchen, uns zu eliminieren. So sehr mir das hier gefallen hat, ich möchte es nicht unbedingt mit jedem fähigen Killer der Meute zu tun bekommen. Das würden wir nicht überleben.«

So bitter es ist, aber ich muss ihm zustimmen. Bis jetzt haben sich die hauptberuflichen Killer noch zurückgehalten und die Wachen vorgeschickt. Da ich früher selbst zu ihnen gehörte, weiß ich, dass die meisten von ihnen Wandler sind, die man in diese Rolle hineingezwungen hat. Ich möchte sie nicht töten, aber andererseits sind wir momentan nicht in der Lage, uns mit ihnen allen auseinanderzusetzen. Wenn wir mehr Leute hätten, und ich denke dabei an Dutzende, dann könnten wir erst die Bösen töten und dann den anderen einem nach dem anderen die Halsbänder abnehmen und den Wandlern beistehen, damit sie bei der Prozedur nicht völlig durchdrehen. Das wäre der optimale Plan. Leider sind Griffon und ich aber alleine. Das Großreinemachen muss also verschoben werden.

Zeit für einen geordneten Rückzug. Das Wichtigste haben wir erreicht – der Schlange den Kopf abgeschlagen; mit ihrem zuckenden Körper werden wir uns ein andermal befassen.

Ich miaue bevor mir einfällt, dass er mich nicht verstehen kann, weshalb ich mich einfach dem Ausgang zuwende und durch eine riesige Blutlache darauf zugehe. Die toten Augen, die mich dabei anstarren, ignoriere ich.

EPILOG

Unsere Familie erwartet uns vor unserem neuen Zuhause. Bethany, Benjamin, Lily, Lennox und Ryker. Wie lange ist das doch her, dass ich alleine war.

Der Wagen sieht von außen recht klein aus, besonders jetzt, wo alle davorstehen und uns erwartungsvoll entgegensehen, aber unser Bett sollte wohl für vier Leute Platz bieten. Notfalls kann ich immer auf einem von ihnen drauf liegen...

Sie wollen natürlich Antworten, was ich Griffon überlasse, während ich wieder meine menschliche Gestalt annehme. Er gibt ihnen die Kurzfassung- wie er zunächst gegen seinen Willen festgehalten wurde und ich dazu diente, ihn gefügig zu machen, wie er es aber schaffte, ihr Vertrauen zu erobern, als sie hörten, zu welcher Familie er gehörte. Wie er sie allmählich dazu brachte, einen Plan zu entwerfen, bei dem er als Köder dienen würde. Wie es ihm gelang, das Halsband nur teilweise zu schließen.

Ich höre nur mit halbem Ohr hin, habe genug damit zu tun, mir Knochensplitter aus meinen Zähnen zu entfernen.

Ryker grinst, als ich anfange, mir das Blut unter den Fingernägeln wegzukratzen. »Kat, du bist reif für die große Wäsche.«

Während meine Angestellten das Essen zubereiten, verschwinde ich mit Lennox und Ryker in der Dusche. Sie scheinen ganz erpicht darauf, dass ja kein Blut in meinen Haaren, auf meinen Brüsten, zwischen meinen Beinen kleben bleibt...Sie untersuchen meinen ganzen Körper von Kopf bis Fuß, mehrfach. Ihre Finger vollführen Tänze auf meiner Haut, führen mich zu neuen Höhen, was in einem Crescendo dreifachen Stöhnens endet, da ich mich gerne erkenntlich zeige und ihnen beweise, wie sehr ich ihre Aufmerksamkeit zu schätzen weiß.

Als wir mit nassen Haaren und jeder mit einem Handtuch bekleidet wieder in die Küche kommen, spricht Lily gerade mit jemandem an der Tür. Hoffentlich hat das nichts mit dem Massaker bei der Meute zu tun. Ich brauche eine Pause – und jede Menge zu essen.

Lily winkt mich heran, sie sieht ungewöhnlich blass aus. »Kat, du hast Besuch«.

Ich sehe sie verwirrt an – sie ist normalerweise nicht so leicht aus der Fassung zu bringen – und komme zu ihr an die Tür.

Und stehe mir selbst gegenüber.

In doppelter Ausführung.

»Sie sieht wirklich wie wir aus«, sagt eines der Mädchen zu dem anderen.

»Tatsächlich. Als ob sie unser Zwilling wäre.«

»Sie ist zu alt, um unser Zwilling zu sein.«

»Dann unsere ältere Schwester.«

Das andere Mädchen nickt, dann drehen sich beide zu mir um und grinsen mich mit demselben Lächeln an, das ich jeden Tag beim Blick in den Spiegel sehe.

»Hey, große Schwester!«

ENDE

Nein, nicht wirklich! Diese Serie war zwar als Trilogie geplant, aber was läuft schon nach Plan...
Kats Geschichte geht weiter in Fauch.

Wenn du über alle Neuerscheinungen auf dem Laufenden bleiben willst, abonniere meinen Newsletter: skyemackinnon.de/newsletter

NACHWORT

Miau, verehrte Leser!

Ich hoffe, ihr hattet so viel Spaß beim Lesen von Schnurr wie ich beim Schreiben. Kat ist momentan meine Lieblings-Heldin, ich wünschte manchmal, ich könnte ein bisschen wie sie sein. Ohne das Problem mit der Rolligkeit natürlich. Das war auch nicht so geplant und hat mich selbst überrascht, aber in dieser Serie läuft selten etwas wie geplant. Kat hält sich einfach nicht an die Ideen, die ich eigentlich für ihren Werdegang hatte. Sie wollte rollig sein (irgendwie), also habe ich sie gelassen. Es sollte eigentlich in diesem Buch nicht so heiß zur Sache gehen, aber auch da hat sie nicht mit sich handeln lassen. Wenn ihr so etwas in einer Urban-Fantasy-Geschichte nicht so mögt, verzeiht mir. Falls das Gegenteil der Fall ist, hat es euch hoffentlich gefallen.

Diese Serie war als Trilogie geplant, aber dann hat

Kat entschieden, dass sie mehr wollte. Sie ist da total eigennützig und selbstverliebt. Was auch bedeutet, dass ich mir noch einen Cliffhanger einfallen lassen durfte (Yippie!) und meine Designerin einen wieder großartigen Entwurf für Band vier ausgearbeitet hat. Ist super gelungen, freut euch darauf!

Auf Buchdeckel lege ich großen Wert. Manche kaufe ich von Designern, andere entwerfe ich selbst und wieder andere bekomme ich von meiner treuen Freundin und Mitautorin Arizona Tape. Mit solch einem Cover hat die ganze Serie begonnen. Ich habe diesen Entwurf mit einem rothaarigen Mädchen und einem Panther gesehen. Da ich ein Fan von Katzen und Rothaarigen bin (meine Schwester hat da die richtigen Gene bekommen, ich muss mich leider mit sehr normalem Braun zufrieden geben), musste ich ihn unbedingt haben, obwohl ich zu der Zeit noch keine Geschichte damit verband. Der erste Gedanke war, den Panther nur als eine Art Assistenten aufzubauen, aber dann wurde mir klar, dass ich eine Heldin wollte, die dessen Eigenschaften verinnerlichte. Und so wurde daraus Miau.

Ist schon merkwürdig, dass ein einziges Bild der Anlass für eine ganze Buchserie wurde. Dazu beigetragen hat sicher auch meine Vorliebe für Katzen. Ich hatte früher zwei, Muffin und ihre Tochter Lily (auch Krümel genannt, weil sie recht klein blieb), die katziger nicht hätten sein können. Arrogante Königinnen, die man zu verwöhnen und zu bedienen hatte und alleine lassen musste, wenn sie von uns menschlichen Wesen genug hatten.

Wie ihr wisst, ist Lily in diesem Buch auf die menschliche Seite gewechselt (nun ja, zu den Succuben). Muffin auch, aber ihr Name hat nicht richtig gepasst, also habe ich ihr einen anderen gegeben...Soll ich verraten, wer sie ist? Hmmm. Also so viel verrate ich: sie ist weder Mensch noch Katze.

Seit Mai habe ich jetzt endlich wieder eine Katze, Sootie, die mir überall hin folgt und den ganzen Tag nur schmusen will. Nicht gerade ein Vorbild für Kat...

Und was ich noch sagen wollte: Ich finde es großartig, eure Botschaften, Katzen-Memes und Kritiken zu meiner Katzenkiller Serie zu erhalten. Macht weiter so, das ist für mich wie Katzenminze für Kat. Jedes Mal, wenn ihr etwas über das Buch schreibt oder es einem Freund empfehlt, schnurrt Kat ganz laut. Wahrscheinlich jedenfalls. Andererseits könnte sie auch mit ihren Männern schwer beschäftigt sein, wo sie ja jetzt wieder vereint sind.

Wie dem auch sei, ein großes Dankeschön, dass ihr der Serie die Treue haltet. Dadurch macht ihr es mir nicht nur möglich, von der Schriftstellerei zu leben (um weiter hoffentlich spannende Bücher hervorzubringen), sondern sorgt dafür, dass mein Kaninchen Emma und meine eigene Katzendame Sootie gut versorgt sind. Ganz zu schweigen von meinem Vorrat an getrockneter Mango, die ich genauso wie Tee (mit Milch natürlich, ich bin ja schließlich kein Psychopath!) bei meiner Arbeit brauche.

Ihr könnt mich auf Facebook, Twitter und Instagram finden – sagt hallo und lasst mich wissen, wie euch dieses Buch gefallen hat.

In Freundschaft,

Skye

Die Autorin

Skye MacKinnon ist eine schottische Bestsellerautorin mit einer Vorliebe für fantastische Welten, keltische Mythologie und starke Heldinnen, die nicht gerettet werden müssen.

Sie wurde zwar in Deutschland geboren, ist aber inzwischen so schottisch, dass sie ihren Tee nur mit Milch trinkt, regelmäßig Haggis jagen geht und auch schon unter den ein oder anderen Kilt geschaut hat (natürlich rein zu Forschungszwecken).

Wenn sie nicht gerade in ihrem Lieblingscafé schreibt, vertilgt Skye getrocknete Mango, erkundet die schottischen Highlands und kuschelt mit ihrer hyperaktiven Katze.

Skyes deutsche Bücher & Newsletter:
skyemackinnon.de

Skyes englische Bücher:
(einige sind auch als Hörbuch erhältlich)
skyemackinnon.com/books

Bücher von Skye MacKinnon

Highland Shifters

Eine übersinnlicher Reverse-Harem-Serie mit einer starken Heldin und vier sexy Bären-Shiftern. Freut euch auf starke Alpha-Männer, ein episches Abenteuer, heiße Szenen, schottische Landschaften, Mythologie und ein post-apokalyptisches Setting.

Celtic Magic

Spannung, Magie und Leidenschaft gemischt mit schottischer Mythologie. Dies ist eine Reverse-Harem-Romance in der Wyn nicht nur einen, sondern gleich vier umwerfende, heiße Partner hat.

Killerkatzen

Eine Urban Fantasy Reihe voller Katzen, Geheimnisse und Morde. Dies ist eine sich langsam entwickelnde Reverse Harem Geschichte, in der Kat sich nicht zwischen ihren Partnern entscheiden muss.

Starlight Highlanders: Aliens mit Kilt

Wenn ihr auf heiße außerirdische Highlander in Kilts steht, starke Frauen, die sich nicht gerne sagen lassen, was sie tun sollen, und Happy Ends, dann taucht ein in die Welt der Starlight Highlander.

Starlight Wikinger

Raue Wikinger aus dem Weltall suchen Frauen auf der Erde...
Heiße Aliens, spannende Action und eine Prise Humor
erwartet euch in der mitreißenden Starlight Wikinger
Trilogie.